U0099987

記敘文

選讀

修訂版

王璞 編

目錄

從百草園到三味書屋

魯迅

　　我家的後面有一個很大的園，相傳叫作百草園。現在是早已併屋子一起賣給朱文公的子孫了，連那最末次的相見也已經隔了七八年，其中似乎確鑿只有一些野草；但那時卻是我的樂園。

　　不必說碧綠的菜畦，光滑的石井欄，高大的皂莢樹，紫紅的桑椹；也不必說鳴蟬在樹葉裡長吟，肥胖的黃蜂伏在菜花上，輕捷的叫天子（雲雀）忽然從草間直竄向雲霄裡去了。單是周圍的短短的泥牆根一帶，就有無限趣味。油蛉在這裡低唱，蟋蟀們在這裡彈琴。翻開斷磚來，有時會遇見蜈蚣；還有斑蝥，倘若用手指按住牠的脊樑，便會拍的一聲，從後竅噴出一陣煙霧。何首烏藤和木蓮藤纏絡着，木蓮有蓮

房一般的果實，何首烏有臃腫的根。有人說，何首烏根是有
像人形的，吃了便可以成仙，我於是常常拔它起來，牽連不
斷地拔起來，也曾因此弄壞了泥牆，卻從來沒有見過有一塊
根像人樣。如果不怕刺，還可以摘到覆盆子，像小珊瑚珠攢
成的小球，又酸又甜，色味都比桑椹要好得遠。

長的草裡是不去的，因為相傳這園裡有一條很大的赤
練蛇。

長媽媽曾經講給我一個故事聽：先前，有一個讀書人住
在古廟裡用功，晚間，在院子裡納涼的時候，突然聽到有人在
叫他。答應着，四面看時，卻見一個美女的臉露在牆頭上，
向他一笑，隱去了。他很高興；但竟給那走來夜談的老和尚識

破了機關。說他臉上有些妖氣，一定遇見「美女蛇」了；這是人首蛇身的怪物，能喚人名，倘一答應，夜間便要來吃這人的肉的。他自然嚇得要死，而那老和尚卻道無妨，給他一個小盒子，說只要放在枕邊，便可高枕而臥。他雖然照樣辦，卻總是睡不着，──當然睡不着的。到半夜，果然來了，沙沙沙！門外像是風雨聲。他正抖作一團時，卻聽得豁的一聲，一道金光從枕邊飛出，外面便什麼聲音也沒有了，那金光也就飛回來，斂在盒子裡。後來呢？後來，老和尚說，這是飛蜈蚣，牠能吸蛇的腦髓，美女蛇就被牠治死了。

結末的教訓是：所以倘有陌生的聲音叫你的名字，你萬不可答應他。

這故事很使我覺得做人之險，夏夜乘涼，往往有些擔心，不敢去看牆上，而且極想得到一盒老和尚那樣的飛蜈蚣。走到百草園的草叢旁邊時，也常常這樣想。但直到現在，總還是沒有得到，但也沒有遇見過赤練蛇和美女蛇。叫我名字的陌生聲音自然是常有的，然而都不是美女蛇。

冬天的百草園比較的無味；雪一下，可就兩樣了。拍雪人（將自己的全形印在雪上）和塑雪羅漢需要人們鑒賞，這是

荒園，人跡罕至，所以不相宜，只好來捕鳥。薄薄的雪，是不行的；總須積雪蓋了地面一兩天，鳥雀們久已無處覓食的時候才好。掃開一塊雪，露出地面，用一枝短棒支起一面大的竹篩來，下面撒些秕穀，棒上繫一條長繩，人遠遠地牽着，看鳥雀下來啄食，走到竹篩底下的時候，將繩子一拉，便罩住了。但所得的是麻雀居多，也有白頰的「張飛鳥」，性子很躁，養不過夜的。

這是閏土的父親所傳授的方法，我卻不大能用。明明見牠們進去了，拉了繩，跑去一看，卻什麼都沒有，費了半天力，捉住的不過三四隻。閏土的父親是小半天便能捕獲幾十隻，裝在叉袋裡叫着撞着的。我曾經問他得失的緣由，他只靜靜地笑道：你太性急，來不及等牠走到中間去。

我不知道為什麼家裡的人要將我送進書塾裡去了，而且還是全城中稱為最嚴屬的書塾。也許是因為拔何首烏毀了泥牆罷，也許是因為將磚頭拋到間壁的梁家去了罷，也許是因為站在石井欄上跳了下來罷，……都無從知道。總而言之：我將不能常到百草園了。Ade，我的蟋蟀們！Ade，我的覆盆子們和木蓮們！……

出門向東，不上半里，走過一道石橋，便是我的先生的家了。從一扇黑油的竹門進去，第三間是書房。中間掛着一塊扁道：三味書屋；扁下面是一幅畫，畫着一隻很肥大的梅花鹿伏在古樹下。沒有孔子牌位，我們便對着那扁和鹿行禮。第一次算是拜孔子，第二次算是拜先生。

第二次行禮時，先生便和藹地在一旁答禮。他是一個高而瘦的老人，鬚髮都花白了，還戴着大眼鏡。我對他很恭敬，因為我早聽到，他是本城中極方正，質樸，博學的人。

不知從那裡聽來的，東方朔也很淵博，他認識一種蟲，名曰「怪哉」，冤氣所化，用酒一澆，就消釋了。我很想詳細地知道這故事，但阿長是不知道的，因為她畢竟不淵博。現在得到機會了，可以問先生。

「先生，『怪哉』這蟲，是怎麼一回事？……」我上了生書，將要退下來的時候，趕忙問。

「不知道！」他似乎很不高興，臉上還有怒色了。

我才知道做學生是不應該問這些事的，只要讀書，因為他是淵博的宿儒，決不至於不知道，所謂不知道者，乃是不願意說。年紀比我大的人，往往如此，我遇見過好幾回了。

　　我就只讀書，正午習字，晚上對課。先生最初這幾天對我很嚴厲，後來卻好起來了，不過給我讀的書漸漸加多，對課也漸漸地加上字去，從三言到五言，終於到七言。

　　三味書屋後面也有一個園，雖然小，但在那裡也可以爬上花壇去折臘梅花，在地上或桂花樹上尋蟬蛻。最好的工作是捉了蒼蠅餵螞蟻，靜悄悄地沒有聲音。然而同窗們到園裡的太多，太久，可就不行了，先生在書房裡便大叫起來：

　　「人都到哪裡去了?!」

　　人們便一個一個陸續走回去；一同回去，也不行的。他有一條戒尺，但是不常用，也有罰跪的規則，但也不常用，普通總不過瞪幾眼，大聲道：

　　「讀書!」

於是大家放開喉嚨讀一陣書，真是人聲鼎沸。有唸「仁遠乎哉我欲仁斯仁至矣」的，有唸「笑人齒缺曰狗竇大開」的，有唸「上九潛龍勿用」的，有唸「厥土下上上錯厥貢苞茅橘柚」的……。先生自己也唸書。後來，我們的聲音便低下去，靜下去了，只有他還大聲朗讀着：

　　「鐵如意，指揮倜儻，一座皆驚呢~~~；金叵羅，顛倒淋漓噫，千杯未醉嗬~~~……。」

　　我疑心這是極好的文章，因為讀到這裡，他總是微笑起來，而且將頭仰起，搖着，向後面拗過去，拗過去。

　　先生讀書入神的時候，於我們是很相宜的。有幾個便用紙糊的盔甲套在指甲上做戲。我是畫畫兒，用一種叫作「荊川紙」的，蒙在小說的繡像上一個個描下來，像習字時候的影寫一樣。讀的書多起來，畫的畫也多起來；書沒有讀成，畫的成績卻不少了，最成片段的是《蕩寇志》和《西遊記》的繡像，都有一大本。後來，因為要錢用，賣給一個有錢的同窗了。他的父親是開錫箔店的；聽說現在自己已經做了店主，而且快要升到紳士的地位了。這東西早已沒有了罷。▋

這是經典的童年回憶文章。讀書人的童年總離不了讀書，但畢竟是孩子，也有淘氣和玩樂。在這篇散文中，這兩方面的回憶連在一起，編織出一套一百來年前中國鄉鎮兒童生活的系列風景畫。文中第二段和第七段關於百草園的一段描寫是經典文字，當年老師規定我們要背。說是描寫風景時會有用。我背得很辛苦，因為我並不覺得這兩段最好，給我留下最深印象的是有關老師的那兩個細節，由於喜歡，並沒去刻意背它，卻至今都爛熟於心。

百草園和三味書屋似乎是大異其趣的兩個地方，可是作者卻把它們巧妙地連拉在一起，整篇文章渾然天成，請注意一下作者是如何做到的，怎樣轉折，怎樣承接，後半部分又是怎樣與前半部分呼應？

梁實秋 小花

　　小花子本是野貓，經菁清留養在房門口外，起先是供給一點食物一點水，後來給牠一隻大紙箱作為牠的窩，放在樓梯拐角處，終乃給牠買了一隻孩子用的鵝絨被袋作為鋪墊，而且給牠設了一個沙盆逐日換除灑掃。從此小花子就在我們門前定居，不再到處晃蕩，活像「鴻鸞禧」裡的叫花子，喝完豆汁兒之後甩甩袖子連呼：「我是不走的了啊，我是不走的了啊！」

　　彼此相安，沒有多久。

　　有一天我回家看見菁清抱着小花子在房間裡踱來踱去，我驚問：「牠怎麼登堂入室了？」我們本來約定不許牠越雷池一步的。

作者簡介

梁實秋（一九○三～一九八七），文學家和翻譯家。原名梁治華，字實秋，號均默，筆名子佳、秋郎、程淑等。祖籍浙江杭縣，生於北京。代表作有《雅舍小品》、《雅舍散文》、《雅舍雜文》，譯作《莎士比亞全集》。

「外面風大，冷，你不是說過貓怕冷嗎？」

我是說過，貓是怕冷。結果讓牠在室內暖和了一陣，仍然送到戶外。看着牠在寒風裡縮成一團偎在紙箱裡，我心裡也有些不忍。

再過些時，有一天小花子不見了，整天都沒回來就食，不知牠雲遊何處去了。一天兩天過去，杳無消息。牠雖是野貓，我們對牠不只有一飯之恩，當然甚是牽掛。每天打開門看看，貓去箱空，輒為黯然。

忽然有一天牠回來了。渾身泥污，而且沾有血漬。牠的嘴裡掛着血淋淋的一塊肉似的東西，像是碎裂的牙肉。菁清趕快把牠抱起，洗刷一下，在身上有血漬處塗了紫藥水，發

現牠的兩顆虎牙沒有了，滿嘴是血。我們不知牠遭遇了什麼
災難，落得如此狼狽。菁清取出一個竹籠，把牠裝了進去，
驅車直奔國際貓狗專科病院辜仲良（泰堂）先生處。辜大夫
說，牠的牙被人敲斷了，大量出血，被人塞進幾團藥棉花，
牠在身上亂舔所以到處有血漬。於是給牠打針防破傷風，注
射消炎劑，清洗口腔，取出藥棉花，塗藥。菁清抱牠回來，
說：「看牠這個樣子，今天不要教牠在門外睡了吧。」我還
有什麼話說。於是小花子進了家門，睡在屬於黑貓公主的籠
子裡。黑貓公主關在樓上寢室裡。三貓隔離，各不相擾。這
是臨時處置，我心想過一兩天還是要放小花子到門外去的。

　　但是沒想到第二天菁清又有了新發現，她告我說，在她掰

開貓嘴塗藥時發覺貓的舌頭短了一大截，舌尖不見了。大概是牙被敲斷時，被人順手把舌頭也剪斷了。菁清要我看，我不敢看。我不知道牠犯了什麼大過，受此酷刑。我這才明白為什麼每次餵牠吃魚總是吃得盤裡盤外狼藉不堪，原來牠既無門牙又缺半截舌頭。世界上是有厭貓的人。據說，拿破崙就厭惡貓，「在某次戰役中，有個侍從走過拿破崙的臥房時，突然聽到這位法國皇帝在呼救。他打開房門一看，拿破崙的衣服才穿到一半，滿頭大汗，用劍猛刺繡帷，原來他是在追殺一隻小貓。」美國的艾森豪總統也恨貓，「在蓋次堡家中的電視機旁，備有一枝鳥槍打擊烏鴉。此外他還下令，周遭若出現任何貓，格殺勿論。」英文裡有一個專門名詞，稱厭惡貓者為ailurophobe。

我想我們的小花子一定是在外遊蕩時遇到了一位厭貓者，敲掉門牙剪斷舌頭還算是便宜了牠。

菁清說，這貓太可憐，並且歷數牠的本質不惡，天性很乖，體態輕盈，毛又細軟，但是她就沒有明白表示要長期收養牠的意思。我也沒有明白表示我要改變不許牠進門的初衷。事實逐步演變牠已成了我們家庭的一員。菁清奉獻刷毛挖耳剪指甲全套服務，還不時的把牠抱在懷裡親了又親。我每星期上市買魚也由七斤變為十斤。煮魚摘刺餵食的時候，也由準備兩盤改為三盤。

「米已熟了，只欠一篩。」最後菁清畫龍點睛似的提出了一個話題。「這貓已不像是一隻野貓了，似不可再把牠當做街頭浪子，也不再是小叫花子，我們把『小花子』的名字裡的『子』字取消，就叫牠『小花』吧。」

我說「好吧」。從此名正言順，小花子成了小花。我擔心的是以後是否還有二花三花聞風而至。▌

作品賞析・學習重點

寫的是小動物，用的是擬人的手法，從題目到描寫都如此：小花是由小花子而來，而小花子是人們對乞丐的通稱；描寫這隻貓的用詞「定居」、「晃蕩」、「雲遊」及至用飯之後甩甩袖子等種種貓的神態表情，都與刻畫人物形象的用詞無異。悲天憫人的情懷自是溢於言表。文章最動人之處，是人與動物相處時那漸漸生發的情愫，小花子終於變成了小花，野貓終於變成了家貓。貓猶如此，人更如何？很淺的文字留下不淺的聯想。

梁實秋的散文以文字和幽默的風格取勝，他文字的特點是平淡之中見典雅。幽默是他的一大特點，運用典都是幽默的。這便使得他的散文讀來風趣輕鬆。我們可以着重注意一下他這篇小文的幽默手段。

巴金

小狗包弟

一個多月前，我還在北京，聽人講起一位藝術家的事情，我記得其中一個故事是講藝術家和狗的。據說藝術家住在一個不太大的城市裡，隔壁人家養了小狗，牠和藝術家相處很好，藝術家常常用吃的東西款待牠。「文革」期間，城裡發生了從未見過的武鬥，藝術家害怕起來，就逃到別處躲了一段時期。後來他回來了，大概是給人揪回來的，說他「裡通外國」，是個反革命，批他，鬥他，他不承認，就痛打，拳打腳踢，棍棒齊下，不但頭破血流，一條腿也給打斷了。批鬥結束，他走不動，讓專政隊拖着他遊街示眾，衣服撕破了，滿身是血和泥土，口裡發出呻喚。認識的人看見半死不活的他都掉開頭去。忽然一隻小狗從人叢中跑出來，非

作者簡介

巴金（一九〇四～二〇〇五），
原名李堯棠，字芾甘，筆名佩竿、
余一、王文慧等。四川成都人。
代表作有長篇小說《滅亡》、《激
流三部曲》（《家》、《春》、《秋》）、
《春天裡的秋天》、《愛情三部曲》
（《霧》、《雨》、《電》）、中篇小說
《憩園》，隨筆集《隨想錄》等。

常高興地朝着他奔去。牠親熱地叫着，撲到他跟前，到處聞
聞，用舌頭舐舐，用腳爪在他的身上撫摸。別人趕牠走，用
腳踢，拿棒打，都沒有用，牠一定要留在牠的朋友的身邊。
最後專政隊用大棒打斷了小狗的後腿，牠發出幾聲哀叫，痛
苦地拖着傷殘的身子走開了。地上添了血跡，藝術家的破衣
上留下幾處狗爪印。藝術家給關了幾年才放出來，他的第一
件事就是買幾斤肉去看望那隻小狗。鄰居告訴他，那天狗給
打壞以後，回到家裡什麼也不吃，哀叫了三天就死了。

　　聽了這個故事，我又想起我曾經養過的那條小狗。是
的，我也養過狗，那是一九五九年的事情，當時一位熟人給
調到北京工作，要將全家遷去，想把他養的小狗送給我，因

為我家裡有一塊草地，適合養狗的條件。我答應了，我的兒子也很高興。狗來了，是一條日本種的黃毛小狗，乾乾淨淨，而且有一種本領：牠有什麼要求時就立起身子，把兩隻前腳併在一起不停地作揖。這本領不是我那位朋友訓練出來的。牠還有一位瑞典舊主人，關於他我毫無所知。他離開上海回國，把小狗送給接受房屋租賃權的人，小狗就歸了我的朋友。小狗來的時候有一個外國名字，牠的譯音是「斯包弟」。我們簡化了這個名字，就叫牠做「包弟」。

包弟在我們家待了七年，同我們一家人處得很好。牠不咬人，見到陌生人，在大門口吠一陣，我們一聲叫喚，牠就跑開了。夜晚籬笆外面人行道上常常有人走過，牠聽見某種聲音就會朝着籬笆又跑又叫，叫聲的確有點刺耳，但牠也只是叫幾聲就安靜了。牠在院子裡和草地上的時候多些，有時我們在客廳裡接待客人或者同老朋友聊天，牠會進來作幾個揖，討糖果吃，引起客人發笑。日本朋友對牠更感興趣，有一次大概在一九六三年或以後的夏天，一家日本通訊社到我家來拍電視片，就拍攝了包弟的鏡頭。又有一次日本作家由起女士訪問上海，來我家做客，對日本產的包弟非常喜歡，

她說她在東京家中也養了狗。兩年以後，她再到北京參加亞非作家緊急會議，看見我她就問：「您的小狗怎樣？」聽我說包弟很好，她笑了。

我的愛人蕭珊也喜歡包弟。在三年困難時期，我們每次到文化俱樂部吃飯，她總要向服務員討一點骨頭回去餵包弟。一九六二年我們夫婦帶着孩子在廣州過了春節，回到上海，聽妹妹們說，我們在廣州的時候，睡房門緊閉，包弟每天清早守在房門口等候我們出來。牠天天這樣，從不厭倦。牠看見我們回來，特別是看到蕭珊，不住地搖頭擺尾，那種高興、親熱的樣子，現在想起來我還很感動，我彷彿又聽見由起女士的問話：「您的小狗怎樣？」

「您的小狗怎樣？」倘使我能夠再見到那位日本女作家，她一定會拿同樣的一句話問我。她的關心是不會減少的。然而我已經沒有小狗了。

一九六六年八月下旬紅衛兵開始上街抄四舊的時候，包弟變成了我們家的一個大包袱，晚上附近的小孩時常打門大喊大嚷，說是要殺小狗。聽見包弟尖聲吠叫，我就膽戰心驚，害怕這種叫聲會把抄四舊的紅衛兵引到我家裡來。當時

我已經處於半靠邊的狀態，傍晚我們在院子裡乘涼，孩子們都勸我把包弟送走，我請我的大妹妹設法。可是在這時節誰願意接受這樣的禮物呢？據說只好送給醫院由科研人員拿來做實驗用，我們不願意。以前看見包弟作揖，我就想笑，這些天我在機關學習後回家，包弟向我作揖討東西吃，我卻暗暗地流淚。

形勢越來越緊。我們隔壁住着一位年老的工商業者，原先是某工廠的老闆，住屋是他自己修建的，同我的院子只隔了一道竹籬。有人到他家去抄四舊了。隔壁人家的一動一靜，我們聽得清清楚楚，從籬笆縫裡也看得見一些情況。這個晚上附近小孩幾次打門捉小狗，幸而包弟不曾出來亂叫，也沒有給捉了去。這是我六十多年來第一次看見抄家，人們拿着東西進進出出，一些人在大聲叱罵，有人摔破罈罈罐罐。這情景實在可怕。十多天來我就睡不好覺，這一夜我想得更多，同蕭珊談起包弟的事情，我們最後決定把包弟送到醫院去，交給我的大妹妹去辦。

包弟送走後，我下班回家，聽不見狗叫聲，看不見包弟向我作揖、跟着我進屋，我反而感到輕鬆，真有一種甩掉包

袱的感覺。但是在我吞了兩片眠爾通、上床許久還不能入睡的時候，我不由自主地想到了包弟，想來想去，我又覺得我不但不曾甩掉什麼，反而背上了更加沉重的包袱。在我眼前出現的不是搖頭擺尾、連連作揖的小狗，而是躺在解剖桌上給割開肚皮的包弟。我再往下想，不僅是小狗包弟，連我自己也在受解剖。不能保護一條小狗，我感到羞恥；為了想保全自己，我把包弟送到解剖桌上，我瞧不起自己，我不能原諒自己！我就這樣可恥地開始了十年浩劫中逆來順受的苦難生活。一方面責備自己，另一方面又想保全自己，不要讓一家人跟自己一起墮入地獄。我自己終於也變成了包弟，沒有死在解剖桌上，倒是我的幸運。……

整整十三年零五個月過去了。我仍然住在這所樓房裡，每天清早我在院子裡散步，腳下是一片衰草，竹籬笆換成了無縫的磚牆。隔壁房屋裡增加了幾戶新主人，高高牆壁上多開了兩堵窗，有時倒下一點垃圾。當初剛搭起的葡萄架給蟲蛀後早已塌下來掃掉，連葡萄藤也被挖走了。右面角上卻添了一個大化糞池，是從緊靠着的五層樓公寓裡遷過來的。少掉了好幾株花，多了幾棵不開花的樹。我想念過去同我一起散步的人，在綠草如茵的時節，她常常彎着身子，或者坐在地上拔除雜草，在午飯前後她有時逗着包弟玩。……我好像做了一場大夢。滿園的創傷使我的心彷彿又給放在油鍋裡熬煎。這樣的熬煎是不會有終結的，除非我給自己過去十年的苦難生活作了總結，還清了心靈上的欠債。這決不是容易的事。那麼我今後的日子不會是好過的吧。但是那十年我也活過來了。

　　即使在「說謊成風」的時期，人對自己也不會講假話，何況在今天，我不怕大家嘲笑，我要說：我懷念包弟，我想向牠表示歉意。▌

巴金的小說和散文有一個共同特點，情真意切。這篇文章尤其如此，讀來感人淚下——是簡單地寫一條小狗嗎？不，其實是在寫我們不那麼美麗的人生，以及那傷痕纍纍的心靈。多年來我不止一次讀這篇散文，每次讀到包弟被送走之後那些段落都特別難過。不由得也跟作者一道，反省自己的人生。這種反省隨着情節的進展而層層遞進：狗比人有情有義，狗不會為了保住自己的命拋棄朋友，人卻會，但人會反省自己的言行並努力活得更像人，這便是人的高貴之處。

我們可以從這篇文章學到夾敘夾議的手法，由一個道聽塗說故事入題，記敘包弟的故事，又由包弟的故事而感慨，而思考人生種種。議論引出故事，故事又推動議論。

王囡囡

豊子愷

每次讀到魯迅《故鄉》中的閏土，便想起我的王囡囡。王囡囡是我家貼鄰豆腐店裡的小老闆，是我童年時代的游釣伴侶。他名字叫復生，比我大一二歲，我叫他「復生哥哥」。那時他家裡有一祖母，很能幹，是當家人；一母親，終年在家燒飯，足不出戶；還有一「大伯」，是他們的豆腐店裡的老司務，姓鍾，人們稱他為鍾司務或鍾老七。

祖母的丈夫名王殿英，行四，人們稱這祖母為「殿英四娘娘」，叫得口順，變成「定四娘娘」。母親名慶珍，大家叫她「慶珍姑娘」。她的丈夫叫王三三，早年病死了。慶珍姑娘在丈夫死後十四個月生一個遺腹子，便是王囡囡。請鄰近的紳士沈四相公取名字，取了「復生」。復生的相貌和鍾

作者簡介

豐子愷（一八九八～一九七五），漫畫家、作家、翻譯家。原名豐潤，又名豐仁。浙江崇德（現屬桐鄉）人。作品以散文為主，代表作有《緣緣堂隨筆》《緣緣堂再筆》《緣緣堂續筆》等，漫畫《子愷畫全集》，譯著有日本廚川白村的《苦悶的象徵》、俄國屠格涅夫的《初戀》、日本古典名著《源氏物語》等。

司務非常相像。人都說：「王囡囡口上加些小鬍子，就是一個鍾司務。」

鍾司務在這豆腐店裡的地位，和定四娘娘並駕齊驅，有時竟在其上。因為進貨，用人，經商等事，他最熟悉，全靠他支配。因此他握着經濟大權。他非常寵愛王囡囡，怕他死去，打一個銀項圈掛在他的項頸裡。市上凡有新的玩具，新的服飾，王囡囡一定首先享用，都是他大伯買給他的。我家開染坊店，同這豆腐店貼鄰，生意清淡；我的父親中舉人後科舉就廢，在家坐私塾。我家經濟遠不及王囡囡家的富裕，因此王囡囡常把新的玩具送我，我感謝他。王囡囡項頸裡戴一個銀項圈，手裡拿一枝長槍，年幼的孩子和貓狗看見他都

逃避。這神情宛如童年的閏土。

我從王囡囡學得種種玩藝。第一是釣魚，他給我做釣竿，彎釣鈎。拿飯粒裝在釣鈎上，在門前的小河裡垂釣，可以釣得許多小魚。活活地挖出肚腸，放進油鍋裡煎一下，拿來下飯，鮮美異常。其次是擺擂台。約幾個小朋友到附近的姚家墳上去，王囡囡高踞在墳山上擺擂台，許多小朋友上去打，總是打他不下。一朝打下了，王囡囡就請大家吃花生米，每人一包。又次是放紙鳶。做紙鳶，他不擅長，要請教我。他出錢買紙，買繩，我出力糊紙鳶，糊好後到姚家墳去放。其次是緣樹。姚家墳附近有一個墳，上有一株大樹，枝葉繁茂，形似一頂陽傘。王囡囡能爬到頂上，我只能爬在低枝上。總之，王囡囡很會玩耍，一天到晚精神勃勃，興高采烈。

有一天，我們到鄉下去玩，有一個挑糞的農民，把糞桶碰了王囡囡的衣服。王囡囡罵他，他還罵一聲「私生子」！王囡囡面孔漲得緋紅，從此興致大大地減低，常常皺眉頭。有一天，定四娘娘叫一個關魂婆來替她已死的兒子王三三關魂。我去旁觀。這關魂婆是一個中年婦人，肩上扛一把傘，

傘上掛一塊招牌，上寫「捉牙蟲算命」。她從王囡囡家後門
進來。凡是這種人，總是在小巷裡走，從來不走鬧市大街。
大約她們知道自己的把戲鬼鬼祟祟，見不得人，只能騙騙愚
夫愚婦。牙痛是老年人常有的事，那時沒有牙醫生，她們就
利用這情況，說會「捉牙蟲」。記得我有一個親戚，有一天
請一個婆子來捉牙蟲。這婆子要小解了，走進廁所去。旁人
偷偷地看看她的膏藥，原來裡面早已藏着許多小蟲。婆子出

來，把膏藥貼在病人的臉上，過了一會，揭起來給病人看，「喏！你看：捉出了這許多蟲，不會再痛了。」這證明她的捉牙蟲全然是騙人。算命、關魂，更是騙人的勾當了。閒話少講，且說定四娘娘叫關魂婆進來，坐在一隻搖紗椅子上。她先問：「要叫啥人？」定四娘娘說：「要叫我的兒子三三。」關魂婆打了三個呵欠，說：「來了一個靈官，長面孔……」定四娘娘說「不是」。關魂婆又打呵欠，說：「來了一個靈官……」定四娘娘說：「是了，是我三三了。三三！你撇得我們好苦！」就一把鼻涕，一把眼淚地哭。後來對着慶珍姑娘說：「喏，你這不爭氣的婆娘，還不快快叩頭！」這時慶珍姑娘正抱着她的第二個孩子（男，名掌生）餵奶，連忙跪在地上，孩子哭起來，王囡囡哭起來，棚裡的驢子也叫起來。關魂婆又代王三三的鬼魂說了好些話，我大都聽不懂。後來她又打一個呵欠，就醒了。定四娘娘給了她錢，她討口茶吃了，出去了。

王囡囡漸漸大起來，和我漸漸疏遠起來。後來我到杭州去上學了，就和他闊別。年假暑假回家時，聽說王囡囡常要打他的娘。打過之後，第二天去買一支參來，煎了湯，定要

娘吃。我在杭州學校畢業後，就到上海教書，到日本遊學。抗日戰爭前一兩年，我回到故鄉，王囡囡有一次到我家裡來，叫我「子愷先生」，本來是叫「慈弟」的。情況真同閏土一樣。抗戰時我逃往大後方，八九年後回鄉，聽說王囡囡已經死了，他家裡的人不知去向了。而他兒時的游釣伴侶的我，以七十多歲的高齡，還殘生在這婆婆世界上，為他寫這篇隨筆。

筆者曰：封建時代禮教殺人，不可勝數。王囡囡庶民之家，亦受其毒害。慶珍姑娘大可堂皇地再嫁與鍾老七。但因禮教壓迫，不得不隱忍忌諱，釀成家庭之不幸，冤哉枉也。█

作品賞析‧學習重點

文章前後兩次點出王囡囡形象與魯迅筆下的閏土相似，其實正暗示着他們不相同的人生。閏土是給貧窮害了，王囡囡則是給封建禮教害了。閏土的苦是物質生活的苦，王囡囡是精神生活的苦。這個充滿活力的孩子，最後在環境的壓迫下鬱鬱而終。他一生的可嘆可惜之處，作者最後才點明。這是伊索寓言的筆法，也因此給這篇小文蒙上一層寓言色彩。豐子愷最善於以平實語言講述日常瑣事，卻引起讀者對這大千世界的深刻思索。

豐子愷的散文易讀難學，難在他捕捉細節的觀察入微。比如對關魂婆招魂的描寫，三言兩語之間，就把場面寫得如臨其境如在其中，沒有對出場人物的細微觀察是做不到的。

老舍

我的 母親

　　母親的娘家是北平德勝門外，土城兒外邊，通大鐘寺的大路上的一個小村裡。村裡一共有四五家人家，都姓馬。大家都種點不十分肥美的地，但是與我同輩的兄弟們，也有當兵的，作木匠的，作泥水匠的，和當巡警的。他們雖然是農家，卻養不起牛馬，人手不夠的時候，婦女便也須下地作活。

　　對於姥姥家，我只知道上述的一點。外公外婆是什麼樣子，我就不知道了，因為他們早已去世。至於更遠的族系與家史，就更不曉得了；窮人只能顧眼前的衣食，沒有工夫談論什麼過去的光榮；「家譜」這字眼，我在幼年就根本沒有聽說過。

作者簡介

老舍（一八九九～一九六六），
原名舒慶春，字舍予，另有筆名
絜青、鴻來、非我等。滿族，北
京人。老舍一生寫了約計八百
萬字的作品。主要著作有長篇小
說《老張的哲學》、《趙子曰》、
《二馬》、《貓城記》、《離婚》、《牛
天賜傳》、《文博士》、《駱駝祥
子》、《火葬》、《四世同堂》、《鼓
書藝人》、《正紅旗下》（未完），
中篇小說《月牙兒》《我這一輩
子》，短篇小說集《趕集》、《櫻
海集》、《蛤藻集》、《火車集》、
《貧血集》，劇本《茶館》等。

　　母親生在農家，所以勤儉誠實，身體也好。這一點事實
卻極重要，因為假若我沒有這樣的一位母親，我以為我恐怕
也就要大大的打個折扣了。

　　母親出嫁大概是很早，因為我的大姐現在已是六十多歲
的老太婆，而我的大外甥女還長我一歲啊。我有三個哥哥，
四個姐姐，但能長大成人的，只有大姐，二姐，三姐，三哥
與我。我是「老」兒子。生我的時候，母親已有四十一歲，
大姐二姐已都出了閣。

　　由大姐與二姐所嫁入的家庭來推斷，在我生下之前，我
的家裡，大概還馬馬虎虎的過得去。那時候定婚講究門當戶
對，而大姐丈是作小官的，二姐丈也開過一間酒館，他們都

是相當體面的人。

可是，我，我給家庭帶來了不幸：我生下來，母親暈過去半夜，才睜眼看見她的老兒子——感謝大姐，把我揣在懷中，致未凍死。

一歲半，我把父親「剋」死了。

兄不到十歲，三姐十二三歲，我才一歲半，全仗母親獨力撫養了。父親的寡姐跟我們一塊兒住，她吸鴉片，她喜摸紙牌，她的脾氣極壞。為我們的衣食，母親要給人家洗衣服，縫補或裁縫衣裳。在我的記憶中，她的手終年是鮮紅微腫的。白天，她洗衣服，洗一兩大綠瓦盆。她作事永遠絲毫也不敷衍，就是屠戶們送來的黑如鐵的布襪，她也給洗得雪白。晚間，她與三姐抱着一盞油燈，還要縫補衣服，一直到半夜。她終年沒有休息，可是在忙碌中她還把院子屋中收拾得清清爽爽。桌椅都是舊的，櫃門的銅活久已殘缺不全，可是她的手老使破桌面上沒有塵土，殘破的銅活發着光。院中，父親遺留下的幾盆石榴與夾竹桃，永遠會得到應有的澆灌與愛護，年年夏天開許多花。

哥哥似乎沒有同我玩耍過。有時候，他去讀書；有時

候，他去學徒；有時候，他也去賣花生或櫻桃之類的小東西。母親含着淚把他送走，不到兩天，又含着淚接他回來。我不明白這都是什麼事，而只覺得與他很生疏。與母親相依如命的是我與三姐。因此，他們作事，我老在後面跟着。他們澆花，我也張羅着取水；他們掃地，我就撮土……從這裡，我學得了愛花，愛清潔，守秩序。這些習慣至今還被我保存着。

有客人來，無論手中怎麼窘，母親也要設法弄一點東西去款待。舅父與表哥們往往是自己掏錢買酒肉食，這使她臉上羞得飛紅，可是殷勤的給他們溫酒作麵，又給她一些喜悅。遇上親友家中有喜喪事，母親必把大褂洗得乾乾淨淨，親自去賀弔——份禮也許只是兩吊小錢。到如今為我的好客的習性，還未全改，儘管生活是這麼清苦，因為自幼兒看慣了的事情是不易改掉的。

　　姑母常鬧脾氣。她單在雞蛋裡找骨頭。她是我家中的閻王。直到我入了中學，她才死去，我可是沒有看見母親反抗過。「沒受過婆婆的氣，還不受大姑子的嗎？命當如此！」母親在非解釋一下不足以平服別人的時候，才這樣說。是的，命當如此。母親活到老，窮到老，辛苦到老，全是命當如此。她最會吃虧。給親友鄰居幫忙，她總跑在前面：她會給嬰兒洗三——窮朋友們可以因此少花一筆「請姥姥」錢——她會刮痧，她會給孩子們剃頭，她會給少婦們絞臉……凡是她能作的，都有求必應。但是吵嘴打架，永遠沒有她。她寧吃虧，不鬥氣。當姑母死去的時候，母親似乎把一世的委屈都哭了出來，一直哭到墳地。不知道哪裡來的一位姪子，聲

稱有承繼權，母親便一聲不響，教他搬走那些破桌子爛板櫈，而且把姑母養的一隻肥母雞也送給他。

可是，母親並不軟弱，父親死在庚子鬧「拳」的那一年。聯軍入城，挨家搜索財物雞鴨，我們被搜兩次。母親拉着哥哥與三姐坐在牆根，等着「鬼子」進門，街門是開着的。「鬼子」進門，一刺刀先把老黃狗刺死，而後入室搜索。他們走後，母親把破衣箱搬起，才發現了我。假若箱子不空，我早就被壓死了。皇上跑了，丈夫死了，鬼子來了，滿城是血光火焰，可是母親不怕，她要在刺刀下，饑荒中，保護着兒女。北平有多少變亂啊，有時候兵變了，街市整條的燒起，火團落在我們院中。有時候內戰了，城門緊閉，舖店關門，晝夜響着槍炮。這驚恐，這緊張，再加上一家飲食的籌劃，兒女安全的顧慮，豈是一個軟弱的老寡婦所能受得起的？可是，在這種時候，母親的心橫起來，她不慌不哭，要從無辦法中想出辦法來。她的淚會往心中落！這點軟而硬的個性，也傳給了我。我對一切人與事，都取和平的態度，把吃虧看作當然的。但是，在作人上，我有一定的宗旨與基本的法則，什麼事都可將就，而不能超過自己畫好的界限。

我怕見生人，怕辦雜事，怕出頭露面；但是到了非我去不可的時候，我便不敢不去，正像我的母親。從私塾到小學，到中學，我經歷過起碼有二十位教師吧，其中有給我很大影響的，也有毫無影響的，但是我的真正的教師，把性格傳給我的，是我的母親。母親並不識字，她給我的是生命的教育。

當我在小學畢了業的時候，親友一致的願意我去學手藝，好幫助母親。我曉得我應當去找飯吃，以減輕母親的勤勞困苦。可是，我也願意升學。我偷偷的考入了師範學校——制服、飲食、書籍、宿處，都由學校供給。只有這樣，我才敢對母親說升學的話。入學，要交十圓的保證金。這是一筆巨款！母親作了半個月的難，把這巨款籌到，而後含淚把我送出門去。她不辭勞苦，只要兒子有出息。當我由師範畢業，而被派為小學校校長，母親與我都一夜不曾合眼。我只說了句：「以後，您可以歇一歇了！」她的回答只有一串串的眼淚。我入學之後，三姐結了婚。母親對兒女都是一樣疼愛的，但是假若她也有點偏愛的話，她應當偏愛三姐，因為自父親死後，家中一切的事情都是母親和三姐共同撑持的。三姐是母親的右手。但是母親知道這右手必須割去，她不能

為自己的便利而耽誤了女兒的青春。當花轎來到我們的破門外的時候，母親的手就和冰一樣的涼，臉上沒有血色——那是陰曆四月，天氣很暖。大家都怕她暈過去。可是，她掙扎着，咬着嘴唇，手扶着門框，看花轎徐徐的走去。不久，姑母死了。三姐已出嫁，哥哥不在家，我又住學校，家中只剩母親自己。她還須自曉至晚的操作，可是終日沒人和她說一句話。新年到了，正趕上政府倡用陽曆，不許過舊年。除夕，我請了兩小時的假，由擁擠不堪的街市回到清爐冷灶的家中。母親笑了。及至聽說我還須回校，她愣住了。半天，她才嘆出一口氣來。到我該走的時候，她遞給我一些花生，「去吧，小子！」街上是那麼熱鬧，我卻什麼也沒看見，淚遮迷了我的眼。今天，淚又遮住了我的眼，又想起當日孤獨的過那悽慘的除夕的慈母。可是慈母不會再候盼着我了，她已入了土！

儿女的生命是不依順着父母所設下的軌道一直前進的，所以老人總免不了傷心。我二十三歲，母親要我結了婚，我不要。我請來三姐給我說情，老母含淚點了頭。我愛母親，但是我給了她最大的打擊。時代使我成為逆子。二十七歲，

我上了英國。為了自己，我給六十多歲的老母以第二次打擊。在她七十大壽的那一天，我還遠在異域。那天，據姐姐們後來告訴我，老太太只喝了兩口酒，很早的便睡下。她想念她的幼子，而不便說出來。

「七七」抗戰後，我由濟南逃出來。北平又像庚子那年似的被鬼子佔據了。可是母親日夜惦念的幼子卻跑西南來。母親怎樣想念我，我可以想像得到，可是我不能回去。每逢接到家信，我總不敢馬上拆看，我怕，怕，怕，怕有那不祥的消息。人，即使活到八九十歲，有母親便可以多少還有點孩子氣。失了慈母便像花插在瓶子裡，雖然還有色有香，卻失去了根。有母親的人，心裡是安定的。我怕，怕，怕家信中帶來不好的消息，告訴我已是失了根的花草。

去年一年，我在家信中找不到關於老母的起居情況。我疑慮，害怕。我想像得到，若有不幸，家中念我流亡孤苦，或不忍相告。母親的生日是在九月，我在八月半寫去祝壽的信，算計着會在壽日之前到達。信中囑咐千萬把壽日的詳情寫來，使我不再疑慮。十二月二十六日，由文化勞軍的大會上回來，我接到家信。我不敢拆讀。就寢前，我拆開信，母

親已去世一年了！

　　生命是母親給我的。我之能長大成人，是母親的血汗灌養的。我之能成為一個不十分壞的人，是母親感化的。我的性格，習慣，是母親傳給的。她一世未曾享過一天福，臨死還吃的是粗糧。唉！還說什麼呢？心痛！心痛！▌

此篇是老舍散文名篇，很多作家名人都寫過自己的母親，很多都讀過就忘記了，這一篇卻給我留下至今不滅的印象。這是因為老舍筆下的母親，成為了一個感人的文學形象，因其善良、勤勞與堅強。我從小所受到的「**中國人民勤勞勇敢**」的傳統教育，大概就因這樣一些文學形象在心裡生了根。我想，這大概跟作家那一支生花妙筆有關吧，那精挑細選的細節，那乾淨俐落的文字，那點到即止的感嘆，尤其是那一聲嘆息似的結尾，欲哭無淚，餘音嫋嫋。

能用短句表達的最好用短句，這是文字大家們給我們的寫作忠告。這忠告在老舍的文字裡得到了精彩的表現。這篇文章裡幾乎沒有一個長句，短句明快、簡煉、清楚，擲地有聲，與文中母親樸實鮮明的形象恰成對應。

沈從文 街

有個小小的城鎮，有一條寂寞的長街。

那裡住下許多人家，卻沒有一個成年的男子。因為那裡出了一個土匪，所有男子便都被人帶到一個很遠很遠的地方去，永遠不再回來了。他們是五個十個用繩子編成一連，背後一個人用白木梃子敲打他們的腿，趕到別處去作軍隊上搬運軍火的伕子的。他們為了「國家」應當忘了「妻子」。

大清早，各個人家從夢裡醒轉來了。各個人家開了門，各個人家的門裡，皆飛出一群雞，跑出一些小豬，隨後男女小孩子出來站在門限上撒尿，或蹲到門前撒尿，隨後便是一個婦人，提了小小的木桶，到街市盡頭去提水。有狗的人家，狗皆跟着主人身前身後搖着尾巴，也時時刻刻照規矩在

作者簡介

沈從文（一九〇二～一九八八），原名沈岳煥，筆名小兵、懋琳、休芸芸等。苗族，湖南鳳凰（今屬湘西土家族苗族自治州）人。

從一九二六年出版第一本創作集《鴨子》開始，沈從文出版了七十餘種作品集，被人稱為多產作家。至四十年代刊行的作品主要有短篇小說集《蜜柑》、《雨後及其他》、《石子船》、《虎雛》、《月下小景》、《如蕤集》、《八駿圖》，中篇小說《一個母親》、《邊城》，長篇小說《長河》，散文集《記胡也頻》、《記丁玲》、《從文自傳》、《湘行散記》、《湘西》等。

人家牆基上抬起一隻腿撒尿，又趕忙追到主人前面去。這長街早上並不寂寞。

當白日照到這長街時，這一條街靜靜的像在午睡，什麼地方柳樹桐樹上有新蟬單純而又倦人的聲音，許多小小的屋裡，濕而發霉的土地上，頭髮乾枯臉兒瘦弱的孩子們，皆蹲在土地上或伏在母親身邊睡着了。作母親的全按照一個地方的風氣，當街坐下，織男子們束腰用的板帶過日子。用小小的木製手機，固定在房角一柱上，伸出憔悴的手來，敏捷地把手中犬骨線板壓着手機的一端，退着粗粗的棉線，一面用一個棕葉刷子為孩子們拂着蚊蚋。帶子成了，便用剪子修理那些邊沿，等候每五天來一次的行販，照行販所定的價錢，

把已成的帶子收去。

　　許多人家門對着門，白日裡，日頭的影子正正的照到街心不動時，街上半天還無一個人過身。每一個低低的屋檐下人家裡的婦人，各低下頭來趕着自己的工作，做倦了，抬起頭來，用疲倦憂愁的眼睛，張望到對街的一個舖子，或見到一條懸掛到屋檐下的帶樣，換了新的一條，便彷彿奇異的神氣，輕輕的嘆着氣，用犬骨板擊打自己的下頜，因為她一定想起一些事情，記憶到由另一個大城裡來的收貨人的買賣了。她一定還想到另外一些事情。

　　有時這些婦人把工作停頓下來，遙遙的談着一切。最小的孩子餓哭了，就拉開衣的前襟，抓出枯癟的乳頭，塞到那些小小的口裡去。她們談着手邊的工作，談着帶子的價錢和棉紗的價錢，談到麥子和鹽，談到雞的發瘟，豬的發瘟。

　　街上也常常有穿了紅綢子大褲過身的女人，臉上抹胭脂擦粉，小小的髻子，光光的頭髮，都說明這是一個新娘子。到這時，小孩子便大聲喊着看新娘子，大家完全把工作放下，站到門前望着，望到看不見這新娘子的背影時才重重的換了一次呼吸，回到自己的工作橙子上去。

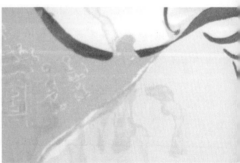

　　街上有時有一隻狗追一隻雞，便可以看見到一個婦人持了一長長的竹子打狗的事情，使所有的孩子們都覺得好笑。長街在日裡也仍然不寂寞。

　　街上有時什麼人來信了；許多婦人皆爭着跑出去，看看是什麼人從什麼地方寄來的。她們將聽那些識字的人，唸信內說到的一切。小孩子們同狗，也常常湊熱鬧，追隨到那個人的家裡去，那個人家便不同了。但信中有時卻說到一個人死了的這類事，於是主人便哭了。於是一切不相干的人，

圍聚在門前，過一會，又即刻走散了。這婦人，伏在堂屋裡哭泣，另外一些婦人便代為照料孩子，買豆腐，買酒，買紙錢，於是不久大家都知道那家男人已死掉了。

街上到黃昏時節，常常有婦人手中拿了小小的筐籮，放了一些米，一個蛋，低低地喊出了一個人的名字，慢慢的從街這端走到另一端去。這是為不讓小孩子夜哭發熱，使他在家中安靜的一種方法，這方法，同時也就娛樂到一切坐到門

邊的小孩子。長街上這時節也不寂寞的。

黃昏裡，街上各處飛着小小的蝙蝠。望到天上的雲，同歸巢還家的老鴰，背了小孩子們到門前站定了的女人們，一面搖動背上的孩子，一面總輕輕的唱着憂鬱淒涼的歌，娛悅到心上的寂寞。

「爸爸晚上回來了，回來了，因為老鴰一到晚上也回來了！」

遠處山上全紫了，土城擂鼓起更了，低低的屋裡，有小小油燈的光，為畫出屋中的一切輪廓，聽到筷子的聲音，聽到碗盞磕碰的聲音⋯⋯但忽然間小孩子又哇的哭了。

爸爸沒有回來。有些爸爸早已不在這世界上了，但並沒有信來。有些臨死時還忘不了家中的一切，便託便人帶了信回來。得到信息哭了一整夜的婦人，到晚上便把紙錢放在門前焚燒。紅紅的火光照到街上下人家的屋檐，照到各個人家的大門。見到這火光的孩子們，也照例十分歡喜。長街這時節也並不寂寞的。

陰雨天的夜裡，天上漆黑，街頭無一個街燈，狼在土城外山嘴上嗥着，用鼻子貼近地面，如一個人的哭泣，地面彷

彿浮動在這奇怪的聲音裡。什麼人家的孩子在夢裡醒來，嚇哭了，母親便說：「莫哭，狼來了，誰哭誰就被狼吃掉。」

臥在土城上高處木棚裡老而殘廢的人，打着梆子。這裡的人不須明白一個夜裡有多少更次，且不必明白半夜裡醒來是什麼時候。那梆子聲音，只是告給長街上人家，狼已爬進土城到長街，要他們小心一點門戶。

一到陰雨的夜裡，這長街更不寂寞，因為狼的爭鬥，使全街熱鬧了許多。冬天若夜裡落了雪，則早早的起身的人，開了門，便可看到狼的腳跡，同糍粑一樣印在雪裡。▋

作品賞析・學習重點

這篇文章記敍的是一條小鎮長街的一天，從清晨到深夜的一天。寂寞，是這篇散文的主旋律，第一句就被點出來，但是之後的每一段都在述說着它的不寂寞，這條男人都被抓了壯丁的長街，它早上、白日、黃昏，甚至晚上都不寂寞。到了深夜就更不寂寞了。因為「狼的爭鬥，使全街熱鬧了許多」，可我們讀到最後，還是感覺這是一條寂寞的長街，難道是因為那唯一的一句肯定寂寞存在的話：「**一面總輕輕的唱着憂鬱淒涼的歌，娛悅着心上的寂寞**」？哦，原來長街的熱鬧是表面上的，寂寞在心裡。

沈從文從來都不將他的感覺強加於讀者，而只是以所渲染的氛圍環境將那種感覺透露、暗示出來。在這篇文章裡我們看到，原來那些表面上的熱鬧都是為了反襯這些被遺棄的女人們內心的寂寞，表面上越是熱鬧，心中那寂寞就越是深重。

祖父死了的時候

蕭紅

　　祖父總是有點變樣子，他喜歡流起眼淚來，同時過去很重要的事情他也忘掉。比方過去那一些他常講的故事，現在講起來，講了一半下一半他就說：「我記不得了。」

　　某夜，他又病了一次，經過這一次病，他竟說：「給你三姑寫信，叫她來一趟，我不是四五年沒看過她嗎？」他叫我寫信給我已經死去五年的姑母。

　　那次離家是很痛苦的。學校來了開學通知信，祖父又一天一天地變樣起來。

　　祖父睡着的時候，我就躺在他的旁邊哭，好像祖父已經離開我死去似的，一面哭着一面抬頭看他凹陷的嘴唇。我若死掉祖父，就死掉我一生最重要的一個人，好像他死了就把

作者簡介

蕭紅（一九一一～一九四二），原名張乃瑩，另有筆名悄吟。黑龍江呼蘭人。日軍佔領香港時病逝於香港。代表作有小說《呼蘭河傳》《生死場》《馬伯樂》《小城三月》等。

人間一切「愛」和「溫暖」帶得空空虛虛。我的心被絲線紮住或鐵絲絞住了。

我聯想到母親死的時候。母親死以後，父親怎樣打我，又娶一個新母親來。這個母親很客氣，不打我，就是罵，也是指着桌子或椅子來罵我。客氣是越客氣了，但是冷淡了，疏遠了，生人一樣。

「到院子去玩玩吧！」祖父說了這話之後，在我的頭上撞了一下，「喂！你看這是什麼？」一個黃金色的橘子落到我的手中。

夜間不敢到茅廁去，我說：「媽媽同我到茅廁去趟吧。」

「我不去！」

「那我害怕呀！」

「怕什麼？」

「怕什麼？怕鬼怕神？」父親也說話了，把眼睛從眼鏡上面看着我。

冬天，祖父已經睡下，赤着腳，開着鈕扣跟我到外面茅廁去。

學校開學，我遲到了四天。三月裡，我又回家一次，正在外面叫門，裡面小弟弟嚷着：「姐姐回來了！姐姐回來了！」大門開時，我就遠遠注意着祖父住着的那間房子。果然祖父的面孔和鬍子閃現在玻璃窗裡。我跳着笑着跑進屋去。但不是高興，只是心酸，祖父的臉色更慘澹更白了。等屋子裡一個人沒有時，他流着淚，他慌慌忙忙的一邊用袖口擦着眼淚，一邊抖動着嘴唇說：「爺爺不行了，不知早晚

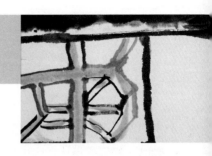

……前些日子好險沒跌……跌死。」

「怎麼跌的？」

「就是在後屋，我想去解手，招呼人，也聽不見，按電鈴也沒有人來，就得爬啦。還沒到後門口，腿顫，心跳，眼前發花了一陣就倒下去。沒跌斷了腰……人老了，有什麼用處！爺爺是八十一歲呢。」

「爺爺是八十一歲。」

「沒用了，活了八十一歲還是在地上爬呢！我想你看不着爺爺了，誰知沒有跌死，我又慢慢爬到炕上。」

我走的那天也是和我回來那天一樣，白色的臉的輪廓閃現在玻璃窗裡。

在院心我回頭看着祖父的面孔，走到大門口，在大門口我仍可看見，出了大門，就被門扇遮斷。

從這一次祖父就與我永遠隔絕了。雖然那次和祖父告

別，並沒說出一個永別的字。我回來看祖父，這回門前吹着喇叭，幡桿挑得比房頭更高，馬車離家很遠的時候，我已看到高高的白色幡桿了，吹鼓手們的喇叭愴涼的在悲號。馬車停在喇叭聲中，大門前的白幡、白對聯、院心的靈棚、鬧嚷嚷許多人，吹鼓手們響起烏烏的哀號。

這回祖父不坐在玻璃窗裡，是睡在堂屋的板床上，沒有靈魂的躺在那裡。我要看一看他白色的鬍子，可是怎樣看呢！拿開他臉上蒙着的紙吧，鬍子、眼睛和嘴，都不會動

了，他真的一點感覺也沒有了？我從祖父的袖管裡去摸他的手，手也沒有感覺了。祖父這回真死去了啊！

祖父裝進棺材去的那天早晨，正是後園裡玫瑰花開放滿樹的時候。我扯着祖父的一張被角，抬向靈前去。吹鼓手在靈前吹着大喇叭。

我怕起來，我號叫起來。

「咣咣！」黑色的，半尺厚的靈柩蓋子壓上去。

吃飯的時候，我飲了酒，用祖父的酒杯飲的。飯後我跑到後園玫瑰樹下去臥倒，園中飛着蜂子和蝴蝶，綠草的清涼的氣味，這都和十年前一樣。可是十年前死了媽媽。媽媽死後我仍是在園中撲蝴蝶；這回祖父死去，我卻飲了酒。

過去的十年我是和父親打鬥着生活。在這期間我覺得人是殘酷的東西。父親對我是沒有好面孔的，對於僕人也是沒有好面孔的，他對於祖父也是沒有好面孔的。因為僕人是窮人，祖父是老人，我是個小孩子，所以我們這些完全沒有保障的人就落到他的手裡。後來我看到新娶來的母親也落到他的手裡，他喜歡她的時候，便同她說笑，他惱怒時便罵她，母親漸漸也怕起父親來。

母親也不是窮人，也不是老人，也不是孩子，怎麼也怕起父親來呢？我到鄰家去看看，鄰家的女人也是怕男人。我到舅家去，舅母也是怕舅父。

　　我懂得的盡是些偏僻的人生，我想世間死了祖父，就沒有再同情我的人了，世間死了祖父，剩下的盡是些兇殘的人了。

　　我飲了酒，回想，幻想……

　　以後我必須不要家，到廣大的人群中去，但我在玫瑰樹下顫怵了，人群中沒有我的祖父。

　　所以我哭着，整個祖父死的時候我哭着。▍

作品賞析·學習重點

蕭紅的文字今天讀來也許時有生硬之感，但那也正是她獨特的風格：毫無修飾地直抒胸臆，濃得化不開的情感如泣如訴，一洩而出。然而特別使人情動於衷的還是那些以生命來攝取的細節，我們被那一個接一個的細節推到情感的風口浪尖上去，同情便不由自主地發生了。不由自主地同情了她的悲傷，同意了她的議論，哪怕那議論流於偏激：「**我想世間死了祖父，就沒有再同情我的人了，世間死了祖父，剩下的盡是些兇殘的人了。**」這就是天才。

即便是天才也有可學之處。我們可以從這篇文章學習她把握節奏的技巧，祖父從病到死的過程有好多天，作者以充滿動感的幾個細節將情節很快推到高潮，與作者激越的情感相呼應。

汪曾祺

岳陽樓記

岳陽樓值得一看。

長江三勝，滕王閣、黃鶴樓都沒有了，就剩下這座岳陽樓了。

岳陽樓最初是唐開元中中書令張說所建，但在一般中國人的印象裡，它是滕子京建的。滕子京之所以出名，是由於范仲淹的《岳陽樓記》。中國過去的讀書人很少沒有讀過《岳陽樓記》的。《岳陽樓記》一開頭就寫道：「慶曆四年春，滕子京謫守巴陵郡。越明年，政通人和，百廢俱興……」雖然范記寫得很清楚，滕子京不過是「重修岳陽樓，增其舊制」，然而大家不甚注意，總以為這是滕子京建的。岳陽樓和滕子京這個名字分不開了。滕子京一生做過什麼

作者簡介

汪曾祺（一九二〇～一九九七），江蘇高郵人。後定居北京。代表作有小說集《邂逅集》、《羊舍的夜晚》、《汪曾祺短篇小說選》、《晚飯花集》、《寂寞與溫暖》、《茱萸集》，散文集《蒲橋集》、《塔上隨筆》，文學評論集《晚翠文談》，以及《汪曾祺自選集》等，另有一些京劇劇本。短篇《受戒》和《大淖記事》是他的小說名篇。

事，大家不去理會，只知道他修建了岳陽樓，好像他這輩子就做了這一件事。滕子京因為岳陽樓而不朽，而岳陽樓又因為范仲淹的一記而不朽。若無范仲淹的《岳陽樓記》，不會有那麼多人知道岳陽樓，有那麼多人對它嚮往。《岳陽樓記》通篇寫得很好，而尤其為人傳誦者，是「先天下之憂而憂，後天下之樂而樂」這兩句名言。可以這樣說：岳陽樓是由於這兩句名言而名聞天下的。這大概是滕子京始料所不及，亦為范仲淹始料所不及。這位「胸中自有數萬甲兵」的范老夫子的事跡大家也多不甚了了，他流傳後世的，除了幾首詞，最突出的，便是一篇《岳陽樓記》和《記》裡的這兩句話。這兩句話哺育了很多後代人，對中國知識份子的品德

的形成，產生了極其深遠的影響。匹夫而為百世師，一言而
為天下法，嗚呼，立言的價值之重且大矣，可不慎哉！

　　寫這篇《記》的時候，范仲淹不在岳陽，他被貶在鄧
州，即今延安，而且聽說他根本就沒有到過岳陽，《記》中
對岳陽樓四周景色的描寫，完全出諸想像。這真是不可思議
的事。他沒有到過岳陽，可是比許多久住岳陽的人看到的還
要真切。岳陽的景色是想像的，但是「先天下之憂而憂，後
天下之樂而樂」的思想卻是久經考慮，出於胸臆的，真實
的，深刻的。看來一篇文章最重要的是思想。有了獨特的思
想，才能調動想像，才能把在別處所得到的印象概括集中起
來。范仲淹雖可能沒有看到過洞庭湖，但是他看到過很多巨
浸大澤。他是吳縣人，太湖是一定看過的。我很深疑他對洞

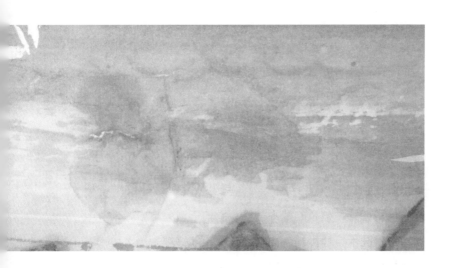

庭湖的描寫，有些是從太湖印象中借用過來的。

現在的岳陽樓早已不是滕子京重修的了。這座樓燒掉了幾次。據《巴陵縣誌》載：岳陽樓在明崇禎十二年毀於火，推官陶宗孔重建。清順治十四年又毀於火，康熙二十二年由知府李遇時、知縣趙士珩捐資重建。康熙二十七年又毀於火，直到乾隆五年由總督班第集資修復。因此范記所云「刻唐賢、今人詩賦於其上」，已不可見。現在樓上刻在檀木屏上的《岳陽樓記》係張照所書，樓裡的大部分楹聯是到處寫字的「道州何紹基」寫的，張、何皆乾隆間人。但是人們還相信這是滕子京修的那座樓，因為范仲淹的《岳陽樓記》實在太深入人心了。也很可能，後來兩次修復，都還保存了滕樓的舊樣。九百多年前的規模格局，至今猶能得其彷彿，斯

可貴矣。

　　我在別處沒有看見過一個像岳陽樓這樣的建築。全樓為四柱、三層、盔頂的純木結構。主樓三層，高十五米，中間以四根楠木巨柱從地到頂承荷全樓大部分重力，再用十二根寶柱作為內圍，外圍繞以十二根簷柱，彼此牽制，結為整體。全樓純用木料構成，逗縫對榫，沒用一釘一鉚，一塊磚石。樓的結構精巧，但是看起來端莊渾厚，落落大方，沒有搔首弄姿的小家氣，在煙波浩淼的洞庭湖上很壓得住，很有氣魄。

　　岳陽樓本身很美，尤其美的是它所佔的地勢。「滕王高閣臨江渚」，看來和長江是有一段距離的。黃鶴樓在蛇山上，晴川歷歷，芳草萋萋，宜俯瞰，宜遠眺，樓在江之上，江之外，江自江，樓自樓。岳陽樓則好像是直接從洞庭湖裡長出來的。樓在岳陽西門之上，城門口即是洞庭湖。伏在樓外女牆上，好像洞庭湖就在腳底，丟一個石子，就能聽見水響。樓與湖是一整體。沒有洞庭湖，岳陽樓不成其為岳陽樓；沒有岳陽樓，洞庭湖也就不成其為洞庭湖了。站在岳陽樓上，可以清清楚楚看到湖中帆船來往，漁歌互答，可以揚

聲與舟中人說話；同時又可遠看浩浩蕩蕩、橫無際涯、北通巫峽、南極瀟湘的湖水，遠近咸宜，皆可悅目。「氣吞雲夢澤，波撼岳陽城」，並非虛語。

我們登岳陽樓那天下雨，遊人不多。有三四級風，洞庭湖裡的浪不大，沒有起白花。本地人說不起白花的是「波」，起白花的是「湧」。「波」和「湧」有這樣的區別，我還是第一次聽到。

這可以增加對於「洞庭波湧連天雪」的一點新的理解。夜讀《岳陽樓詩詞選》。讀多了，有千篇一律之感。最有氣魄的還是孟浩然的那一聯，和杜甫的「吳楚東南坼，乾坤日夜浮」。劉禹錫的「遙望洞庭山水翠，白銀盤裡一青螺」，化大境界為小景，另闢蹊徑。許棠因為《洞庭》一詩，當時號稱「許洞庭」，但「四顧疑無地，中流忽有山」，只是工巧而已。滕子京的《臨江仙》把「氣蒸雲夢澤，波撼岳陽城」，「曲終人不見，江上數峰青」整句地搬了進來，未免過於省事！呂洞賓的絕句：「朝遊岳鄂暮蒼梧，袖裡青蛇膽氣粗。三醉岳陽人不識，朗吟飛過洞庭湖」，很有點仙氣，但我懷疑這是偽造的（清人陳玉垣《岳陽樓》詩有句云：

「堪惜忠魂無處奠，卻教羽客踞華楹」，他主張岳陽樓上當
奉屈左徒為宗主，把樓上的呂洞賓的塑像請出去，我準備投
他一票）。寫得最美的，還是屈大夫的「嫋嫋兮秋風，洞庭
波兮木葉下」。兩句話，把洞庭湖就寫完了！▍

范仲淹的《岳陽樓記》是大家耳熟能詳的名作，這篇散文可以說是記《岳陽樓記》的一篇記敘文。作者用了很多筆墨討論《岳陽樓記》寫作的背景、緣起和價值。文章寫了一大半，才提到自己今日遊岳陽樓的所見所聞。但我們讀完全文，便會發現，前面的大半議論，原來也是作者遊記的一個重要部分——所思所感。是他看到今日之岳陽樓和樓中題辭的感慨。與其他遊記的不同之處在於，這篇遊記的所思所感大大重於所見所聞。可是如果你到過岳陽樓，相信你會覺得這樣的佈局十分合理，因為你對岳陽樓之景色的印象見聞，往往會被有關《岳陽樓記》的連翻浮想淹沒。

把一個別人寫了多次、且有傳世經典在前的主題怎樣寫得推陳出新，這篇文章提供了一個很好的範例。「貼士」便是：必須有獨到之處。我認為，這篇文章的佈局便是它的獨到之處。

父親的記憶

孫犁

父親十六歲到安國縣（原先叫祁州）學徒，是招贅在本村的一位姓吳的山西人介紹去的。這家店舖叫永吉昌，東家是安國縣北段村張姓。

店舖在城裡石牌坊南。門前有一棵空心的老槐樹。前院是櫃房，後院是作坊——榨油和軋棉花。

我從十二歲到安國上學，就常常吃住在這裡。每天掌燈以後，父親坐在櫃房的太師椅上，看着學徒們打算盤。管賬的先生唸着賬本，人們跟着打，十來個算盤同時響，那聲音是很整齊很清脆的。打了一通，學徒們報了結數，先生把數字記下來，說：去了。人們掃清算盤，又聚精會神地聽着。

在這個時候，父親總是坐在遠離燈光的角落裡，默默地

作者簡介

孫犁（一九一三～二〇〇二），
原名孫樹勛。河北安平人。
一九四九年後定居天津。代表
作有小說散文集《白洋淀紀事》，
短篇小說集《蘆花蕩》、《荷花
淀》、《采蒲台》，中篇小說《村
歌》、《鐵木前傳》，長篇小說《風
雲初記》，敘事詩集《白洋淀之
曲》，通訊報告集《農村速寫》，
散文集《津門小集》、《晚華
集》等。

抽着旱煙。

我後來聽說，父親也是先熬到先生這一席位，唸了十幾年賬本，然後才當上了掌櫃的。

夜晚，父親睡在庫房。那是放錢的地方，我很少進去，偶爾從撩起的門簾縫望進去，裡面是很暗的。父親就在這個地方，睡了二十幾年，我是跟學徒們睡在一起的。

父親是一九三七年，七七事變以後離開這家店舖的，那時兵荒馬亂，東家也換了年輕一代人，不願再經營這種傳統的老式的買賣，要改營百貨。父親守舊，意見不合，等於是被辭退了。

父親在那裡，整整工作了四十年。每年回一次家，過一

個正月十五。先是步行，後來騎驢，再後來是由叔父用牛車接送。我小的時候，常同父親坐這個牛車。父親很禮貌，總是在出城以後才上車，路過每個村莊，總是先下來，和街上的人打招呼，人們都稱他為孫掌櫃。

父親好寫字。那時學生意，一是練字，一是練算盤。學徒三年，一般的字就寫得很可以了。人家都說父親的字寫得好，連母親也這樣說。他到天津做買賣時，買了一些舊字帖和破對聯，拿回家來叫我臨摹，父親也很愛字畫，也有一些

收藏，都是很平常的作品。

抗戰勝利後，我回到家裡，看到父親的身體很衰弱。這些年鬧日本，父親帶着一家人，東逃西奔，飯食也跟不上。父親在店舖中吃慣了，在家過日子，捨不得吃些好的，進入老年，身體就不行了。見我回來了，父親很高興。有一天晚上，一家人坐在炕上閒話，我絮絮叨叨地說我在外面受了多少苦，擔了多少驚。父親忽然不高興起來，說：「在家裡，也不容易！」

回到自己屋裡，妻抱怨說：「你應該先說爹這些年不容易！」

那時農村實行合理負擔，富裕人家要買公債，又遇上荒年，父親不願賣地，地是他的性命所在，不能從他手裡賣去分毫。他先是動員家裡人賣去首飾、衣服、家具，然後又步行到安國縣老東家那裡，求討來一批錢，支持過去。他以為這樣做很合理，對我詳細地描述了他那時的心情和境遇，我只能默默地聽着。

父親是一九四七年五月去世的。春播時，他去耪耬，出了汗，回來就發燒，一病不起。立增叔到河間，把我叫回來。

我到地委機關，請來一位醫生，醫術和藥物都不好，沒有什麼效果。

　　父親去世以後，我才感到有了家庭負擔。我舊的觀念很重，想給父親立個碑，至少安個墓誌。我和一位搞美術的同志，到店子頭去看了一次石料，還求陳肇同志給撰寫了一篇很簡短的碑文。不久就土地改革了，一切無從談起。

　　父親對我很慈愛，從來沒有打罵過我。到保定上學，是父親送去的。他很希望我能成材，後來雖然有些失望，也只是存在心裡，沒有當面斥責過我。在我教書時，父親對我說：

　　「你能每年交我一個長工錢，我就滿足了。」我連這一點也沒有做到。

　　父親對給他介紹工作的姓吳的老頭，一直很尊敬。那老頭後來過得很不如人，每逢我們家做些像樣的飯食，父親總是把他請來，讓在正座。老頭總是一邊吃，一邊用山西口音說：「我吃太多呀，我吃太多呀！」

作品賞析·學習重點

孫犁散文的風格接近沈從文，比沈從文更加含蓄，我覺得這是因他所處的特定時代地域環境而形成的。比如這篇記敘父親的記敘文，通篇沒對父親為人行事作主觀評價，極少讚譽之辭。作者對父親的尊敬和追思，都是通過父親平生二三事含蓄地表現的。因為父親肯定不是無產階段，也許還是地主，不宜於充當當時文學作品的正面人物。這種有幾分無奈的含蓄，倒歪打正着地使孫犁散文少了幾分煽情，多了幾分沉鬱之美。

讀孫犁散文要特別注意細微之處，有時輕描淡寫的一筆，卻由上下文的背景交代，而透露出作者內在的感情和深意，比如倒數第四段，寫到為何連為父親立個簡單小碑的願望也未達成，寥寥數語，深具匠心。

余光中

牛蛙記

　　驚蟄以來，幾場天轟地動的大雷雨當頂砸下，沙田一帶，嫩綠稚青養眼的草木，到處都是水汪汪的，真有江湖滿地的意思。就在這一片淋漓酣飽之中，蛙聲遍地喧起，來勢可驚。雨下聽新蛙，阡陌呼應着阡陌，好像四野的水田，一夜之間蠢蠢都活了過來。這是一種比寂靜更蠻荒的寂靜。群蛙噪夜，可以當作一串串彼此引爆的地雷，不，水雷，當然沒有天雷那麼響亮，只能算天雷過後，滿地隱隱的回聲罷了。

　　不知怎地，從小對蛙鳴便有好感。現在反省起來，這種好感之中，不但含有鄉土的親切感，還隱隱藏着自然的神秘感，於是一端近乎水草，另一端卻通於玄想和禪境了。孔稚珪庭草不翦，中有蛙鳴。王晏聞之曰：「此殊聒人」，稚珪

作者簡介

余光中，一九二八年生於南京，祖籍福建永春。中國當代作家、詩人。現居台灣。代表作有散文集《日不落家》、《左手的繆斯》、《逍遙遊》、《望鄉的牧神》、《聽聽那冷雨》、《記憶像鐵軌一樣長》，詩集《高樓對海》、《舟子的悲歌》、《天狼星》，評論集《分水嶺上》，評著《梵谷傳》等。

答曰：「我聽鼓吹殆不及此」。所謂鼓吹，是指鼓鉦簫笳之樂，足見孔稚珪認為人籟終不及天籟，真是蛙的知己。

沙田在南中國最南端的一角小半島上，亞熱帶的氣候，正是清明過了，穀雨方甘。每到夜裡，谷底亂蛙齊噪，那一片野籟襲人而來，可以想見在水滸草間，無數墨綠而黏滑的鄉土歌手，正搖其長舌，鼓其白腹，閣閣而歌。那歌聲此起彼落，一遞一接，可說是一場「接力唱」。那充沛富足的中氣，就像從春回夏凱的暖土裡傳來，生機勃勃，比黑人的靈歌更肥沃更深沉。夜蛙四起，我坐其中，聽初夏的元氣從大自然丹田的深處叱吒呼喝，漫野而來。正如韓愈所說：「天之於時也亦然，擇其善鳴者而假之鳴」，冥冥之中，蛙其實是夏的發言人，只

可惜大家太忙了，無暇細聽。當然，天籟裡隱藏的天機，玄乎其玄，也不是完全聽得懂的。有時碰巧夜深人靜，獨自盤腿閉目，行瑜伽吐納之術，一時血脈暢通，心境豁然，蛙聲盈耳，渾然忘機，竟似戶外鼓腹鼓噪者為我，戶內鼓腹吐納者為蛙，人蛙相契，與夏夜合為一體了。

　　但是有一種蛙卻令我難以渾然忘機，那便是蛙中之牛，所謂牛蛙。大約在五年前的夏天，久旱無雨，一連幾夜聽到牠深沉而遲緩的低哞，不識其為何物，只有暗自納罕。不久，我存也注意到了。晚飯後我們在屋後的坡上散步，山影幢幢，星光幽詭之中，其聲悶悶然，鬱鬱然，單調而遲滯地從谷底傳來，一哼一頓，在山間低震而隱隱有回聲，像巨人病中的呻吟。兩人停下步來，駭怪了一會，猜想那不是谷底的牛叫，就是樟樹灘村裡哪戶人家在推磨。但哪家的牛會這麼一疊連聲地哞之不休，哪家的人會這麼勤奮，走馬燈似地推磨不停，又教我們好生不解。後來睡到床上，萬籟寂寞，天地之間只有那謎樣的魔樣的怪聲時起時歇，來枕邊祟人。有時那聲音一呼一應，節拍緊湊，又像是有兩條牛在對吟，益增疑懼。

這麼過了幾夜，其聲忽歇，天地清靜。日子一久，也就把這事給忘了：牛魔王也好，鬼推磨也好，隨它去吧，只要我一枕酣然，不知東方之既白。直到有一晚，其聲無緣無故，忽焉又起。我們照例散步上山，一路狐疑不解，但其聲遠在谷底，我們無法求證，也莫可奈何。就在這時，迎面來了光生伉儷，四人停下來聊天。提起怪聲，我不免徵詢他們的意見，不料光生立刻答道：

　　「那是牛蛙。」

　　「什麼？是牛蛙？」我們大吃一驚。

　　「對呀，就在樓下的陰溝裡。」

　　「這麼近！怪不得——」

　　「吵死人了，」輪到光生的太太開口。「整夜在我們樓下吼叫，真受不了。有一次我們燒了兩大鍋開水，端到陰溝的鐵格子蓋上，兜頭兜腦澆了下去——」

　　「後來呢？」我存緊張地追問。

　　「就沒有聲音了。」

　　「真是——好肉麻。」

　　說到這裡，四個人都笑了。但是在哞哞的牛蛙聲中回

到家裡，我的內心卻不輕鬆。模糊的猜疑一下子揭曉，變成明確的威脅——遠慮原來竟是近憂！就在樓下的陰溝裡！怪不得那麼震人耳鼓，擾人心神！那笨重而魯鈍的次男低音，有了新的意義。幾星期來遊移不定的想像，忽然有了依附的對象。原來是牛蛙，怪不得聲蠻如牛。《伊索寓言》有一則說蛙鼓足了氣，要跟牛比大，使我想起，牛蛙的體格雖不如牛，氣魄卻不多讓，那麼有限的肺活量，怎能蘊含那麼超人，不，「超蛙」的音量。如果牠真的體大如牛，那麼一匹長舌巨瞳的墨綠色兩棲妖獸，伏地一吼，哮聲之深邃沉洪，不知該怎樣加倍駭人。我立刻去翻詞典，詞典說牛蛙又名喧蛙，雌蛙體長二十厘米，雄蛙十八厘米，為世上最大之蛙，又說其鼓膜之大，為眼徑四分之三。喧蛙之名果不虛傳，也難怪聽了聒耳驚心，令人蠢蠢不安。

知道了那是什麼之後，側耳再聽，果然遠在天邊，近在眼前，覺得那陰鬱的低調，鍥而不捨，久而不衰，在你的耳神經上像一把包了皮的鈍鋸子拉來拉去，真是不留傷痕的暗刑。那哮聲在小怪物的丹田裡發動，在牠體內已著魔似地共鳴一次，到了牠蹲伏的陰溝之中，變本加厲，又再共鳴一

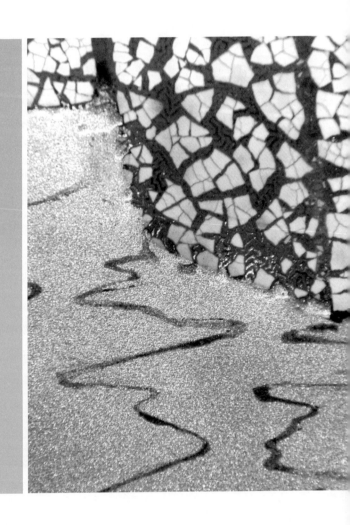

次，越顯得誇大嚇人。為牠取一個綽號，叫「陰溝裡的地雷」，誰曰不宜？不用多說，那一夜我反來覆去，到後半夜才含糊入夢。

擾攘數夜之後，其聲忽又止息。未幾夏殘秋至，牛蛙的威脅也就淡忘了。到了第二年初夏，第一聲牛蛙發難，這一次，再無猜謎的餘地。我存和我相對苦笑，兩人互慰了一陣，準備用民主元首容忍言論自由的胸襟，來接受這逆耳之聲。不過是幾隻小牛蛙在彼此唱和罷了。有什麼好大驚小怪？這麼一想，雖未全然心安，卻似乎已經理得了。於是一任「陰溝裡的地雷」一吼一答，互相引爆，只當沒有聽見。但此情恰如李清照所言，「才下眉頭，卻上心頭」，自命不在乎了幾天之後，那魯鈍而遲滯的單調苦吟，像一把毛哈哈的刷子一下又一下地曳過心頭，更深人靜的那一點清趣，全給毀了。

終於有一天晚上，容忍到了極限，光生伉儷燒水伏魔的一幕驀地兜上心來。我去廚房裡找來一大筒滴滴涕，又用手帕把嘴鼻蒙起，在頸背上打一個結，便衝下樓去。草地盡頭，在幾株幼楓之下，是一條長而曲折的排水陰溝，每隔丈

許，便有兩個長方形的鐵格子溝蓋。我沿溝巡了一圈，發現那鬱悶困頓的呻吟，經過長溝的反激，就近聽來，益發空洞而富回聲，此呼彼應，竟然有好幾處。較遠的幾處一時也顧不了，但近樓的一處鐵格子蓋下，鬱嘆悶哼的哞聲，對我臥房的西窗最具威脅。我跪在草地上，聽了一會，拾來一截長近三尺的枯松枝，伸進溝去搗了幾下。哞聲戛然而止。但蓋孔太小，枯枝太彎，溝又太深，我知道「頑敵」只是一時息鼓，並未受創，只要我一轉背，這潛伏的危機又會再起。我驀地轉過身去，待取背後的滴滴涕筒，忽見人影一閃。

「吉米，」原來是三樓張家的么弟。

「余伯伯，你在做什麼？」吉米見我半個臉蒙住，也微吃了一驚。

「趕牛蛙。這些東西吵死人。」

「牛蛙？什麼是牛蛙？」

「牛蛙就是——特別大的青蛙。如果你是青蛙，我就是牛蛙。」

「老師說，青蛙吃害蟲，對人類有益處。」

「可是牠太吵人，就成了害蟲，所以——」說到這裡，

我忽然覺得自己毫無理由，便拿起滴滴涕筒，對吉米說：

「站開些，我要噴了！」

說着便猛按筒頂的活塞，像納粹的獄卒一樣，向溝中之囚施放毒氣。一時白煙飛騰，隔着手帕，仍微微嗅到嗆人的瓦斯臭味。吉米在一旁咳起嗽來。幾番掃射之後，滴滴涕筒輕了，想溝中毒氣瀰漫，「敵陣」必已摧毀無餘。聽了一會，更無聲息，便牽了吉米的手回到屋裡。

果然肅靜了。只有遠處的幾隻還在隱隱地呻吟，近處的這隻完全緘默了，今晚可以高枕無憂。也許牠已經中毒，正在垂死掙扎，本已扭曲的四肢更加扭曲。威脅一下子解除，我忽然感到勝利者的空虛和疲勞。為了耳根清靜，就值得犧牲一條性命嗎？帶着淡淡的內疚，我朦朧地睡去。

　　第二天夜裡，河清海晏，除了近處的蟲吟細細，遠村的犬吠荒荒，天地闃然無聲。寂寞，是最耐聽的音樂。它是聽覺的休戰狀態，輕柔的靜謐俯下身來，撫慰受傷的耳朵。我欣然攤開東坡的詩集，從容地詠味起來。正在這時，心頭忽然像給毛刷子刷了一下，那哞聲又開始了。那冥頑不靈的苦吟低嘆，像一群不死不活的病牛，又開始地那天長地久無意識的喧鬧。我絕望地闔上詩集。還只當是休戰呢，這不是車輪鏖戰，存心鬥我嗎？我衝下樓去，沿着那叵測的陰溝偵察了一周。至少有七、八隻之多，聽上去，那中氣之足，打一場消耗戰絕無問題。牠們只要一貫其愚蠢，輪番地哼哼又哈哈，就可以逸待勞，毀掉我一個晚上。

　　我衝回樓上，惡向膽邊生。十分鐘後，我提了滿滿一桶肥皂粉沖泡的水，氣喘咻咻地重返陣地。近處的鐵格子蓋

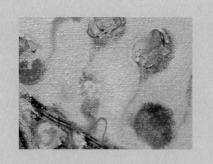

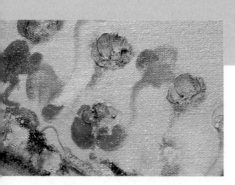

下，昨夜以為肅清了的，此刻吼得分外有勁，像在嘲弄我早熟的樂觀。是原來的那隻秋毫無損呢，還是別處的溝裡又補來了一隻？難道這條曲折的陰溝是「胡志明小徑」，而這些牛蛙是善於土遁的地下越共嗎？帶着受了騙的惱羞成怒，我把一整桶毒液兜頭直淋了下去。溝底濺起了回聲，那怪物魔囈了兩聲，又裝聾作啞起來。我又回到樓上，提來又一桶酵得白沫四起的肥皂粉水，向一蓋一蓋的空格灌了下去。一不做，二不休，又取來滴滴涕，向所有的洞口逐一噴射過去。

這麼折騰了一個多鐘頭，我倒是累了。睡到床上，還未安枕，那單調而有惡意的哼哈又起，一呼群應，簡直是全面反擊。我相信那支地下游擊隊已經不朽，什麼武器都不會見效了。

「真像他媽的越共！」

「你在說什麼？」枕邊人醒過來，惺忪地問道。

第三年的夏天，之藩從美國來香港教書，成為我沙田山居的近鄰，山間的風起雲湧，鳥囀蟲吟，日夕與共。起初他不開車，峰迴路轉的閒步之趣，得以從容領略。不過之藩之為人，凡事只問大要，不究細節，想他散步時對於周圍發

生的一切，也只是得其神髓而遺其形跡，不甚留心。一天晚上，跟我存在他陽台上看海，有異聲起自下方，我存轉身去問之藩：

「你聽，那是什麼聲音？」

「哪有什麼聲音？」之藩訝然。

「你聽嘛，」我存說。

之藩側耳聽了一會，微笑道：

「那不是牛叫嗎？」

我存和我對望了一眼，我們笑了起來。

「那不是牛，是牛蛙。」她說。

「什麼？是牛蛙。」之藩吃了一驚，在群蛙聲中愣了一陣，然後恍然大悟，孩子似地爆笑起來。

「真受不了，」他邊笑邊說，「世界上沒有比這更單調的聲音！牛蛙！」他想想還覺得好笑。群蛙似有所聞，又哞哞數聲相應。

「這種悶沉沉的苦哼，一點幽默感都沒有，」我存說。「可是你聽了卻又可笑。」

「不笑又怎麼辦？」我說。「難道跟牠對哼嗎？其實這

是苦笑，莫可奈何罷了。就像家裡來了一個頑童，除了對他苦笑，還有什麼辦法。」

第二天在樓下碰見之藩，他形容憔悴，大嚷道：

「你們不告訴我還好，一知道了，反而留心去聽！那聲音的單調無趣，真受不了！一夜都沒睡好！」

「抱歉抱歉，天機不該洩漏的，」我說。「有一次一位朋友看偵探小說正起勁，我一句話便把結局點破。害得他看又不是，不看又不是，氣得要揍我。」

「過兩天我太太從台北來，可不能跟她說，」之藩再三叮嚀。「她常會鬧失眠。」

看來牛蛙之害，有了接班人了。

煩惱因分擔而減輕。比起新來的受難者，我們受之已久，久而能安，簡直有幾分優越感了。

第四年的夏天，隔壁搬來了新鄰居。等他們安頓了之後，我們過去作睦鄰的初訪。主客坐定，茶已再斟，話題幾次翻新，終於告一段落。岑寂之中，那太太說：

「這一帶真靜。」

我們含笑頷首，表示同意。忽然哞哞幾聲，從陽台下傳

了上來。

　　那丈夫注意到了，問道：「那是什麼？」

　　「你說什麼？」我反問他。

　　「外面那聲音，」那丈夫說。

　　「哦，那是牛——」我說到一半，忽然頓住，因為我存在看着我，眼中含着警告。她接口道：

　　「那是牛叫。山谷底下的村莊上，有好幾頭牛。」

　　「我就愛這種田園風味，」那太太說。

　　那一晚我們聽見的不是群蛙，而是枕間彼此格格的笑聲。▌

作品賞析・學習重點

花了這麼多的篇幅寫牛蛙的騷擾，以及作者與這些寧靜生活之頑敵之間的一場車輪大戰，題旨何在呢？難道只是寫那牛蛙的頑固與作者的童心嗎？一直讀到最後，我們才恍然大悟，作者真正的用意是在言外：當你不去注意、理會外物的聒噪時，外物的聒噪也就於你無礙無妨了，牛蛙的怪叫，也就可當作田園牧歌去聽。而開頭時對聽蛙時那一種渾然忘機心境的議論，也就有了深意：活在當今這個嘈雜的世界上，要想進入莊子那種「洸洋自恣以適己」的境界，還真是不容易呢！

我們可以從這篇散文學一學鋪墊的技巧。嚴格地說，這篇文章百分之八十的筆墨都用在鋪墊上，為了給最後的那一深層思維之飛躍營造條件。一般來說，鋪墊所用篇幅之多少之輕重，與飛躍所達高度成正比。

扇子

西西

　　我選了一把素白的摺扇，請年輕的書法家為我題首詩。剛才，他在大家的面前即席揮毫，書寫了一首李白的《朝發白帝城》。

　　我對年輕的書法家說：可以請你題一首杜甫的《春望》嗎？他問：是不是「國破山河在」？我答：是。滿心歡喜。於是他提起筆來，龍飛鳳舞，草了五律的前四句，跨了八行寫，佔了大半把扇面；我暗暗吃驚，還有四句詩，該寫在哪裡？

　　年輕的書法家忽然停下筆，說：以下的詩句我記不得了，我對老杜的詩不熟。於是我把接下去的四行詩唸給他聽，我一面唸，他一面寫，因為扇面只剩下了一小半，他只

作者簡介

西西，原名張彥，原籍廣東中山。一九三八年生於上海，十二歲隨家人定居香港。代表作有長篇小說《我城》、《美麗大廈》、《哀悼乳房》、《哨鹿》、《飛氈》，短篇小說集《候鳥》、《春望》、《像我這樣的一個女子》、《手卷》，散文集《剪貼冊》等。

好把四句詩擠在一起。

　　扇面題好了詩，我默默地把扇子接過來，因為在扇上寫的是：「風」火連三月，家書「低」萬金。至於最末一句「渾欲不勝簪」的「簪」字，他一下筆就潦了一個草花頭，然後停下筆思想，我細聲說：是竹花頭，他濃墨一蘸，改了。

　　我接過扇子，謝了年輕的書法家，默默地離開了長江。我能說些什麼呢，扇上題的字都已經是繁體字，而年輕的書法家，今年是二十一歲……

這篇文章雖然很短，只有五百多字，但卻是一篇典型的記敘文，完整地記敘了一件事——請一名偶遇的年輕書法家寫扇面的事。一件小事，卻寫出了深意，有一手好書法，能給人寫扇面為生的人，應當是很有文化修養的人吧？可是他不記得杜甫名詩《春望》，四句詩裡就有兩個錯別字，還有一個字不會寫。作者對於年輕一代文化傳承的憂慮，在那一行省略號後面不絕如縷。

短文章不比長文章，一個字也不能浪費，開門見山，直奔主題自然是要點。這篇短文的精巧之處，在於它的含蓄，沒有一句議論，只是記敘事實。從人物的對話、表情、動作中，題旨呼之欲出。

董橋

蘭庭剪影

老穆帶她來我家看我，不久，我請老穆帶我去她家回
訪。好幾年前的事了。她年紀比我大，耳有點背，講電話不
方便，偶然寫傳真問我一些書上的事，我總是立刻回她。很
快，傳真機傳回一張只寫兩個字的白紙：「謝謝」。她的字
規矩，秀氣，帶幾分毛筆小楷骨架，人和字一樣，嬌瘦整
潔，衣着輕便考究，舉止端莊舒暢，聲音柔，話不多，一口
國語很平和，很好聽。花白的短髮長年梳洗得清清爽爽，配
上銀絲老花眼鏡，那是講台上的先生了：「畢竟是老民國的
閨秀！」老穆說。

她說她愛讀我的文字。我說她的風采也耐讀。只差那麼
十幾歲，一股氣韻只有她那一撥人才有，帶點柳梢的月色南

作者簡介

董橋，一九四二年生，原名董存爵。福建泉州人，印尼華僑。現居香港。散文家。主要作品有散文集《英華沉浮錄》、《董橋文字集》。多篇散文在網絡上廣泛流傳，例如散文〈小風景：年輕蕭夏林的憤怒〉。

窗的竹影，捲簾處，深巷賣花聲總也似遠還近，即便家住香港半山高樓，眼神裡素昔的教養隨時飄起幾瓣心香：「愛鼠常留飯，憐蛾不點燈」。老穆說這些年她帶着外孫女在香港過日子，女兒女婿早去美國安頓後路，只等外孫女讀完中學女兒會來接她們過去定居：「目前一老一少靜靜消磨豐裕而淡雅的歲月，家務有個助理打理，夏大姐天天看書、種花、寫字、寫信，外頭事情懶得多問了！」

　　我跟着老穆叫她夏大姐。客廳裡古董家具古董燈飾十足英國書香世家的品味。牆上掛着幾幅字畫，傅抱石的山水小品，黃賓虹的枯筆花卉，弘一法師的小對聯，還有沈從文的瘦條幅。大姐說她喜歡傅抱石，帶領我和老穆到書房裡看傅

先生的屈原和黃山，上款落了她父親的號。四壁縹緗大半是英文書，中文書只佔小半，線裝書不少，沈從文的新舊作品排成一長排。「我在昆明見過沈先生，」她說。「我大哥讀西南聯大，上過沈先生的課，抗戰勝利第二年大哥不幸肺病死了。」夏大姐迷沈從文的小說，迷聞一多的詩，她說她還跟着大哥去過朱自清家裡，朱先生對大家都和善：「他的文章我卻不很喜歡，俞平伯似乎寫得比他好看！」

老穆聽說夏家大哥可能是汪曾祺西南聯大的同學。汪先生那篇〈我的老師沈從文〉也寫西南聯大一些舊事。他說沈從文在聯大開過三門課，「各體文習作」、「創作實習」和「中國小說史」；還說聞一多長髯垂胸，雙目炯炯，表情很多，語言有節奏，感染力強；朱自清又嚴格又講系統，上課帶卡片，說話平平淡淡；沈從文其實不大會講課，湘西口音重，聲音又不大，沒什麼邏輯思維，從來不講理論，改學生的文章倒非常認真，改得不多，評語卻寫得很長，往往比本文還長，文筆也講究，簡直是文學隨筆，「可惜沒有一篇留下來，否則，對今天的文學青年會是很有用處的」。夏大姐懷念她大哥常在報刊上登的文章，也許沈先生都看過改過，

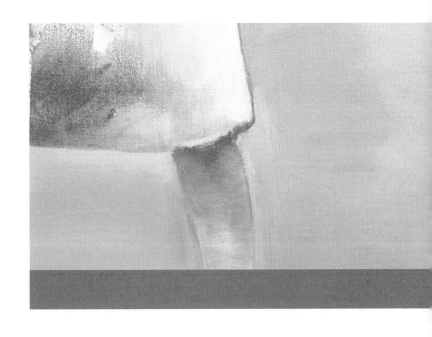

有一篇小品寫他們家奶奶還得了獎金。我想那是沈從文勸學生「要貼到人物來寫」的成績。汪曾祺記憶中沈先生很少出作文題目，常常要學生自己隨意寫，說是「先得學會做部件，然後才談得上組裝」。

夏大姐那天告訴我說她從小跟她父親練中文，父親不多說，不多教，一心給她改文章，改完仔細解說全篇的好壞：「八歲跟他跟到十三歲，我才專心攻讀英文，苦死了，父親花錢把我送去一位英國傳教士家裡寄宿，住了三年多，我都快成英國小姑娘了！」那幾年我幾次整理書房都挑出一批批看完的好書送給大姐看，中文英文都送，她看完了又轉交給老穆存進他家的大書室。老穆那時候寄居新界一幢鄉下宅子，又老又舊，裡裡外外大得不得了，夏大姐約我去過一

趙，看老穆藏的圖書字畫，吃老穆燒的好湯好菜，夏天蚊子多，穆家蚊香和佳餚的香味我至今還聞得到。飯後，夏大姐說了許多往事，連初戀痛史都說了。她那位情人家世有點顯赫，我和老穆答應不說出去。「畢竟是老民國的閨秀！」老穆還是這句老話。

香港是個豐碩的寶地。一九四九年故國山河變色變體，貧富貴賤避秦南來，多少人創造傳奇攀上高枝喚風呼雨，多少人甘心平凡歸隱鬧市自斟自吟，這期間，鎂光燈下鐵鑄的輝煌往往化為流水的嗚咽，繁華聲中紙糊的淡泊反而永保

圓缺的豁達。我在這裡的尋常巷陌邂逅不少沉靜的旅人，彼此客地相逢，隨興往還，從來不求深交，終歸不曾相忘，夏大姐帶着外孫女兒飛去美國的前幾天，我和老穆各帶了小禮物祝福她一路平安，老穆送她一枝咸豐年間的毛筆，我送她一笏光緒早期的古墨：「都不捨得用了，」大姐說，「不如常置案頭朝夕相伴！」她轉身走進書房拿出兩封紙袋分送我們，老穆那封是徐志摩《愛眉小札》初版，我那封是俞平伯線裝詩集《憶》。大姐說她小時候珍存了一張徐志摩的簽名玉照，是她父親的朋友替她向徐志摩要來的：「小姑娘迷戀詩人風采啊！」她說。

詩人生前也許確實討人喜歡，引人敬重，汪曾祺寫沈從文那篇舊文記沈先生說過的一句話，說徐志摩是最初發現沈從文才能的人，沒有徐志摩，沈從文不會成為作家，「也許會去當警察，或者隨便在哪條街上倒下來，糊裡糊塗地死掉了」。沈先生還說，詩人總有些倜儻不羈，有一次在課堂上講英國詩，徐志摩從口袋裡摸出一個煙台大蘋果，一邊咬一邊說：「中國是有好東西的！」中國還有讓他傾倒的許多美人和能人。夏大姐說她年輕的時候還崇拜林徽因，崇拜趙清

閣，林徽因的小說《窗子以外》和《九十九度中》逃難路上不見了，害老穆翻箱倒籠找了兩天才給她找出一疊殘本。那天，我們三人在她書房裡翁同龢寫的「蘭庭」橫匾下合照留念。那幅橫匾是她父親留下來的，兩個大字寫得蒼勁極了，老穆說「庭」字比「亭」字高明得多！大姐走後又過了三兩年，廣州名宿王貴忱先生送我一笏嘉慶年間的古墨，汪近聖造，一面是枝柯上填金字「古柯庭」，一面是交柯錯葉下的小庭院，墨高十八厘米，寬六厘米半，厚兩厘米。「古柯庭又比蘭庭高明得多了！」老穆說。他才是老民國的閒人，大姐說的。▌

作品賞析・學習重點

這篇散文是一篇典型的董橋散文，典雅，飄逸，雋永，書卷氣不止從名士風流的細節上，更多地是從字裡行間流露。那一種「繁華聲中紙糊的淡泊」，不語也瀟瀟地散發出懷舊的幽情。在重寫的「老民國的閨秀」夏大姐的身影後面，「老民國的閒人」老穆淡淡的身影飄然紙上，二人的形象互為襯托，相得益彰。

董橋的散文很難學，學不來的是他那深厚的學養鋪墊。不過我們可以學學他那種從容淡定，將題旨深埋於心，然後撿那相關的細節一一道來，看似隨意，其實每一筆——從用詞遣句到人物的對話和動作舉止——都圍繞着心中那個題旨轉。

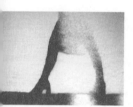

尋常巷陌

顏純鈎

那天我從大道東拐進春園街，天下着微雨，下班的
人擠到馬路中去了。街口近處有一個馬會投注站，一家
「七十一」，一家茶餐廳，然後我突然看到茶餐廳右角一條
小巷子，那裡從前有一條小街穿到菜市場去的，現在已經被
一幢大樓堵死了，成了一條「掘頭路」。

我突然想起八十年代初在《晶報》做校對時，有一天黃
昏經過這條現在已經不存在的小巷。冬天天黑得早，寒風冷
雨，滿地泥濘，我感冒了，全身發着冷顫。那時要趕回報館
吃晚餐，然後休息一個鐘頭左右，跟着做晚班校對，直到半
夜兩三點才回大道東的單身宿舍睡覺。

在這條小巷子裡，我冷得受不了，就在一個粥攤裡坐

作者簡介

顏純鈎，一九四八年生，福建晉江安海人。一九七八年移居香港。主要作品有短篇小說集《紅綠燈》、《天譴》，散文集《自得集》、《心版圖》，電影文學劇本《血雨》。

下，喝了一碗熱滾滾的皮蛋瘦肉粥。彷彿熱粥把暖意帶回來了，顫抖稍減，手腳有了點力氣，我迷迷糊糊回到宿舍，吃了倍量的銀翹解毒丸，蓋上棉被蒙頭大睡，醒來後滿身汗濕，頭重如山，我用冷水擦一把臉，整個人這才清醒過來，又上班去了。

那是「得閒死唔得閒病」的年月，仗着年輕，又消費不起私家醫生，在這條現在已消失了的小巷子裡，春園街的這一碗救命粥，醫治了我的重感冒。

春園街隔壁那條利東街，當年街口有一檔租書舖，舖主是一對年輕夫婦，兩個人都有白淨的面孔，纖細的手掌。斯斯文文的小夫妻，風雨裡來去，經營自己的小日子，兩個人

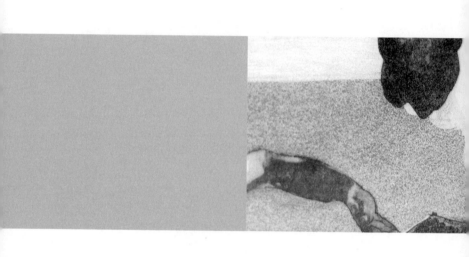

都不多話，很吝嗇笑容，對於這樣小眉小眼的買賣，也沒有多少滿足感的意思。檔口淺窄，舖裡幾個書架擺滿出租的圖書：金庸、瓊瑤、亦舒，也有少數文藝小說，一台影印機開舖時才推出來。

　　夫妻兩人輪流看舖子，中午繁忙時分兩個人裡外照應，顧客多了，手忙腳亂沒有笑顏，顧客們更是愁眉深鎖了。有幾次夜深了經過，見到那個小婦人腆着大肚子，幽寂地坐在舖頭，

生意清淡，而肚子裡的孩子正等待一個不可知的未來。

　　這個租書舖也早就執笠了，如今那裡似乎是售賣手機的舖子，我也記不太清楚了，平日經過那裡，五光十色的舖子看上去都挺合理的，不過在記憶中，彷彿那裡永遠都開着一家租書舖，兩個氣質清純的小夫妻，經營一盤沒有前景的小生意。

　　再往西去，那裡一條大王東街，街口對面是洪聖古廟，廟裡供奉的有關帝、嶽聖等等民間神靈，那時我常常從小廟外的紅綠燈處過馬路，到聯發街的天地圖書去打書釘，在那裡買了一本號稱林語堂編的《實用成語辭典》。直到後來我到天地圖書工作，才知道手頭那一本聲名顯赫的辭典，原來竟是翻版書。

　　八十年代初家人來香港，我不再住單身宿舍了，半夜三點鐘下班，就從大王東街穿出去，經莊士敦道、修頓球場再走到軒尼詩道，在那裡搭小巴回北角的家。有一晚在大王東街，幽暗的街燈下有個少婦當街站着，瘦伶伶的身影，背着燈光頭髮掩了半張臉，我走過她身邊時，她突地迎過來，一張很清秀而文靜的臉，悄聲問道：先生要不要人陪？我起

先還有點麻木，等到她再問一句，我就驚慌起來，更不敢搭腔，像幹了什麼壞事似的急步離開。

在大王東街還碰上過另一個妓女，七八十歲的阿婆，一張臉塗紅抹綠，身上披掛着款色曖昧的裋褲，在暗夜裡看來有如幽靈。我奇怪這麼高齡的妓女，怎麼會有人問津呢？後來有住在灣仔的同事告訴我，說阿婆的顧客，便是那些在修頓球場露宿的老流浪漢。幾十塊錢的交易，在灣仔那種暗無天日的板間房裡，做一些令人掩臉的事。

灣仔的小街巷是最具街坊風味的，大王東街那些日據時代的殘樓，搖搖欲墮地寫滿了陳年往事，它們和同屬灣仔的告士打道那一些堂皇的摩天樓比起來，竟像是兩個世界了。

這些香港的小街與沈從文那條湘西的小街當然有很大的不同，這是東方之珠紅燈綠酒後面的尋常里巷，百姓人家。現代都市的輝煌，卻是由這樣一些小門小戶打底，小小的憂傷，小小的歡喜，編織着都市的繁華夢。作者以不露聲色的文字，記敘了他在這些街道行走所拾取的所見所聞，使我想起波德萊爾筆下的「都市拾垃圾人」，他們拾取的是都市狂歡盛宴之後的殘花碎片，卻往往化腐朽為神奇。

作者寫的都是我們日常生活中每天都會碰到的瑣事，發生在我們身邊的小人物身上，只要我們有心去觀察、思考，寫作的材料是取之不盡的。不信，你也去試一試。

靜虛村記

賈平凹

如今，找熱鬧的地方容易，尋清靜的地方難；找繁華的地方容易，尋拙樸的地方難，尤其在大城市的附近，就更其為難的了。

前年初，租賃了農家民房藉以棲身。

村子南九里是城北門樓，西五里是火車西站，東七里是火車東站，北去二十里地，又是一片工廠，素稱城外之郭。奇怪颱風中心反倒平靜一樣，現代建築之間，偏就空出這塊鄉里農舍來。

常有友人來家吃茶，一來就要住下，一住下就要發一通討論，或者說這裡是一首古老的民歌，或者說這裡是一口出了鮮水的枯井，或者說這裡是一件出土的文物，如宋代的青

作者簡介

賈平凹，原名賈平娃，一九五二
年生。陝西商洛丹鳳人。現居西
安。代表作有小說《商州》、《白
夜》、《廢都》、《臘月·正月》《浮
躁》、《秦腔》，散文集《坐佛》、
《心跡》，長篇自傳體小說《我是
農民》。

瓷，質樸，渾拙，典雅。

村子並不大，屋舍仄仄斜斜，也不規矩，像一個公園，
又比公園來得自然，只是沒花，被高高低低綠樹、莊稼包
圍。在城裡，高樓大廈看得多了，也便膩了，陡然到了這
裡，便活潑潑地覺得新鮮。先是那樹，差不多沒了獨立形
象，枝葉交錯，像一層濃重的綠雲，被無數的樹椿撐着。走
近去，綠裡才見村子，又盡被一道土牆圍了，土有立身，並
不苫瓦，卻完好無缺，生了一層厚厚的綠苔，像是莊稼人剃
頭以後新生的青髮。

攏共兩條巷道，其實連在一起，是個「U」形。屋舍相
對，門對着門，窗對着窗；一家雞叫，家家雞都叫，單聲兒

持續半個時辰；巷頭家養一條狗，巷尾家養一條狗，賊便不能進來。幾乎都是茅屋，並不是人家寒酸，茅屋是他們的講究：冬天暖，夏天涼，又不怕被地震震了去。從東往西，從西往東，茅屋撐得最高的，人字形搭得最起的，要算是我的家了。

村人十分厚誠，幾乎近於傻味，過路行人，問起事來，有問必答，比比劃劃了一通，還要領到村口指點一番。接人待客，吃飯總要吃得剩下，喝酒總要喝得昏醉，才覺得愜意。衣着樸素，都是農民打扮，眉眼卻極清楚。當然改變了吃漿水酸菜，頓頓油鍋煎炒，但沒有坐在桌前用餐的習慣，一律集在巷中，就地而蹲。端了碗出來，卻蹲不下，站着吃的，只有我一家，其實也只有我一人。

我家裡不栽花，村裡也很少有花。曾經栽過多次，總是枯死，或是萎瑣。一老漢笑着說：村裡女兒們多啊，瞧你也帶來兩個！這話說得有理。是花嫉妒她們的顏色，還是她們羞得它們無容？但女兒們果然多，個個有桃花水色。巷道裡，總見她們三五成群，一溜兒排開，橫着往前走，一句什麼沒鹽沒醋的話，也會惹得她們笑上半天。我家來後，又都

到我家來，這個幫妻剪個窗花，那個為小女染染指甲。什麼花都不長，偏偏就長這種染指甲的花。

啥樹都有，最多的，要數槐樹。從巷東到巷西，三摟粗的十七棵，盆口粗的家家都有，皮已發皺，有的如繩索匝纏，有的如渠溝排列，有的扭了幾扭，根卻委屈得隆出地面。槐花開放，一片嫩白，家家都做槐花蒸飯。沒有一棵樹是屬於我家的，但我要吃槐花，可以到每一棵樹上去採。雖然不敢說我的槐樹上有三個喜鵲窠、四個喜鵲窠，但我的茅

屋樑上燕子窩卻出奇地有了三個。春天一暖和燕子就來，初冬逼近才去，從不撒下糞來，也不見在屋裡落一根羽毛，從此倒少了蚊子。

最妙的是巷中一眼井，水是甜的，生喝比熟喝味長。水抽上來，聚成一個池，一抖一抖地，隨巷流向村外，涼氣就沁了全村。村人最愛乾淨，天天有人洗衣。巷道的上空，即茅屋頂與頂間，拉起一道一道鐵絲，掛滿了花衣彩布。最豔的，最小的，要數我家：豔者是妻子衣，小者是女兒裙。吃水也是在那井裡的，須天天去擔。但寧可天天去擔這水，不願去擰那自來水。吃了半年，妻子小女頭髮越是發黑，膚色越是白皙，我也自覺心脾清爽，看書作文有了精神、靈性了。

當年眼羨城裡樓房，如今想來，大可不必了。那麼高的樓，人住進去，如鳥懸案，上不着天，下不踏地，可憐憐掬得一抔黃土，插幾株花草，自以為風光宜人了。殊不知農夫有農夫得天獨厚之處。我不是農夫，卻也有一庭土院，閒時開墾耕耘，種些白菜青蔥。菜收穫了，鮮者自吃，敗者餵雞，雞有來杭、花豹、翻毛、疙瘩，每日裡收蛋三個五個。

夜裡看書，常常有蝴蝶從窗縫鑽入，大如小女手掌，五彩斑斕。一家人喜愛不已，又都不願傷生，捉出去放了。那蛐蛐就在台階之下，徹夜鳴叫，腳一跺，噤聲了，隔一會兒，聲又起，心想若是有個兒子，兒子玩蛐蛐就不用跑蛐蛐市掏高價購買了。

　　門前的那棵槐樹，唯獨向橫裡發展，樹冠半圓，如裁剪過一般。整日看不見鳥飛，卻鳥鳴聲不絕，尤其黎明，猶如仙樂，從天上飄了下來似的。槐下有橫躺豎蹲的十幾個碌

磚，早年碾場用的，如今有了脫粒機，便集在這裡，讓人騎了，坐了。每天這裡人群不散，談北京城裡的政策，也談家裡婆娘的針線，談笑風生，樂而忘歸。直到夜裡十二點，家家喊人回去。回去者，扳倒頭便睡的，是村人，回來撚燈正坐，記下一段文字的，是我呢。

來求我的人越來越多了，先是代寫書信，我知道了每一家的狀況，雞多鴨少，連老小的小名也都清楚。後來，更多的是攜兒來拜老師，一到高考前夕，人來得最多，提了點心，拿了水酒。我收了學生，退了禮品，孩子多起來，就組成一個組，在院子裡輔導作文。村人見得喜歡，越發器重起我。每次輔導，門外必有家長坐聽，若有孩子不安生了，進來張口就罵，舉手便打。果然兩年之間，村裡就考中了大學生五名，中專生十名。

天旱了，村人焦慮，我也焦慮，抬頭看一朵黑雲飄來了，又飄去了，就咒天罵地一通，什麼粗話野話也罵了出來。下雨了，村人在雨地裡跑，我也在雨地跑，瘋了一般，有兩次滑倒在地，磕掉了一顆門牙。收了莊稼，滿巷豎了玉米架，柴火更是塞滿了過道，我騎車回來，常是扭轉不及，

車子跌倒在柴堆裡，嚇一大跳，卻並不疼。最香的是鮮玉米棒子，煮能吃，烤能吃，剝下顆粒熬稀飯，粒粒如栗，其湯有油汁。在城裡只道粗糧難吃，但鮮玉米麵做成的漏魚兒，攪團兒，卻入味開胃，再吃不厭。

小女來時剛會翻身，如今行走如飛，咿啞學語，行動可愛，成了村人一大玩物，常在人掌上旋轉，吃過百家飯菜。妻也最好人緣，一應大小應酬，人人稱讚，以至村裡紅白喜事，必邀她去，成了人面前走動的人物。而我，是世上最呆的人，喜歡靜靜地坐着，靜靜地思想，靜靜地作文。村人知我脾性，有了新鮮事，跑來對我敘說，說畢了，就退出讓我寫，寫出了，嚷着要我唸。我唸得忘我，村人聽得忘歸；看着村人忘歸，我一時忘乎所以，邀聽者到月下樹影，盤腳而坐，取清茶淡酒，飲而醉之。一醉半天不醒，村人已沉睡入夢，風止月暝，露珠閃閃，一片蟲蟲鳴叫。我稱我們村是靜虛村。

雞年八月，我在此村為此村記下此文，複寫兩份，一份加進我正在修訂的村史前邊，作為序，一份則附在我的文集之後，卻算是跋了。▌

作品賞析・學習重點

這篇記敘文看似平鋪直述，閒散隨意，卻一直圍繞着一種感覺寫，這就是尋常村落、百姓人家的平靜、寧靜、幽靜、恬靜，靜中之美與靜中之樂。一切都圍着那個「靜」字在轉，靜是這所有風景人物的核心。而這靜，是由顏色、味道、聲音、感覺編織而成。就連人物的動作聲音，在這靜謐的環境之中，也是靜靜的，那種村野鄉郊的人情味，沒有都市的喧囂與嘈雜，樸實而平和。掩卷沉思，靜虛村名至實歸。

散文寫作的高境界是將題旨埋在心間，不作張揚，讓它自然而然露出來，這篇散文做到了。可將這篇散文與沈從文的小說《靜》對照來看，以揣摸作者的匠心。

指路的小孩

屯門有一條輕鐵，沿途一邊是街道，一邊是山坡綠地。月台是敞開的，立着刷卡機，自己刷卡。站在月台上，看閒花野草，樓宇路人，過一時，有電車駛來，行行路軌聲在高遠的天空下散得很遠。於是，就有一種悠閒。

頭一回搭輕鐵去天水圍看朋友，半路上與一個小孩同行。那是個胖胖的男孩，穿一條肥大的短褲，頸上掛着八達通交通卡，手裡提一具黑色的樂器盒，肩上的布袋裡想必就是樂譜了，是星期六上琴課或者下琴課回家。看他神情嚴肅身負要務的樣子很有趣，便逗他，指他的盒子說：歐勃？又說：長笛？他先還繃着，後來繃不着了，鼓鼓的臉頰咧出笑容。第三遍猜：梵俄鈴？他用勁點一下頭，猜對了。於是我

作者簡介

王安憶，一九五四年生於南京。現居上海。代表作有長篇小說《長恨歌》、《遍地梟雄》、《啟蒙時代》，中篇小說《小鮑莊》、《大劉莊》、《荒山之戀》、《小城之戀》，短篇小說集《隱居的年代》、《憂傷的年代》，散文集《獨語》、《剃度》等數十種。

們就唱一段小提琴基礎課程「開塞」練習曲，與他套近乎。他不說話，只是笑，就此我們與他之間，有了些默契。然後輕鐵到站了。

　　搭乘的情形比預想的要複雜。首先，同一個月台上有多條不同方向的線路，其次，我們要去的天水圍似乎不在任何一條線路上。於是，招來新識的朋友，請他指點。他默想片刻，胖胖的手指頭在線路圖上指定一個點，表示是我們應乘的那路車；沿線爬行了一段，停下了，表示我們需抵達的地方；停一會兒，手指頭跳到另一條線路上，這回的意思是換車；然後，迅速爬行，直至天水圍，停下。指點完畢，他便走開去，與我們保持一段距離。車來了，才知道他與

我們同上一路車。壅塞的人群，將我們的視線阻斷了，有幾次，我見他轉着頭尋找我們，臉上流露出焦急的表情，但找見我們，卻又立即回過頭，看前邊的人脊背。到他指定換乘的車站，原來是個樞紐大站，車上的人盡下去，他遙遙對了我們，指出一個方向。順他指點走了幾步，不料，已到對面月台的他，又轉身奔來。他努力交替滾圓的小腿，將小提琴盒提高到膝蓋以上，好避免磕碰，就更吃力了，肩上的布袋就拍打着他的身子。我們明白走錯了。這一回，他引領着我們走到正確的月台，還是站在一段距離以外。車站上熙來攘往，他與我們，就像茫茫人海中的知遇，聚散無常的樣子。等駛往天水圍的電車靠站，小孩看我們上車，才放心離去，乘坐他自己的車。

　　從他手提三分之二的小提琴看，他不會超過十歲的年齡，卻一個人輾轉搭車上下琴課，還負起為陌生人指路的義務，一路負責到底，已有成人的心志。從頭至尾，他基本沒有說話，怕我們聽不懂他的廣東話，大概還怕我們笑話他的普通話，極少又極關切的幾個字，是用英語說。唯有「開塞」小提琴練習曲的旋律，為我們做溝通，於萍水中結交。█

不過一千來字，寫活了一個人物，那個可愛的香港小男孩。我們也會在鄰人朋友家遇見的吧，有比成人百倍的熱心，卻羞於表達；真誠地助人為樂，卻謹慎含蓄，是在「別和陌生人搭腔」與「助人為快樂之本」之間為難着吧？王安憶的散文總給人一種平易近人鄰家女孩的感覺，是因為那些非常日常又非常有趣的細節嗎？是因為那平實清麗的文字嗎？都有，要寫成一篇好文章，這些都少不了。

大千世界，無一不可入詩入文，只看你有沒有心去拾取，拾取了以後，怎樣去處理。這篇文章好學的是平鋪直敘，難學的也是平鋪直敘，平鋪直敘如果沒有精煉的文字和生動的細節，就會變成白開水。

舒非

梨子園

　　小時候的家在一座美麗小島的一條幽靜小街上。斜斜的馬路上去，頂端是一大片老榕樹綠蔭，穿過綠色再往前，是一塊曠地，大概比一個籃球場大一些，大人們管它叫「梨子園」。那時候，有一個問題老困惑我：為何是「梨子園」？我們一年到頭在那裡玩，從來沒見過有長着梨子的樹，倒是看見滿園的鮮花，隨意開着。春天有杜鵑、迎春，夏天有玫瑰、茉莉，秋天開菊花，黃的白的，到了冬天還有月季。我記得上小三的時候，有個同學病了，我們幾個要好的同伴相約去看她，不知是誰提議到梨子園採花探病，結果我的手指被月季的尖刺扎破，帶到同學床前的粉紅月季，花瓣上還染了我的血。

作者簡介

舒非，本名蔡嘉蘋。一九五四年生於福建鼓浪嶼。一九七七年移居香港。主要作品有詩集《蠱癡》，散文集《記憶中的風景》、《生命的樂章》。

文革爆發，我還在上小學，根本不知道發生了什麼事，只知道不用上課，天天放假，然後就是到處去看熱鬧，看滿街貼的大字報，看完迎接「最高指示」的敲鑼打鼓大遊行再看對「牛鬼蛇神」剃陰陽頭掛黑牌的批鬥大遊街，又看紅衛兵抄家，搞不清誰是誰非，直到有一天——

那一天，是雨天。

原本風平浪靜的小島，第一次有人因武鬥被打死，死者是中三學生，母親是中學老師，後來還教過我，弟弟是我隔壁班的同學，姓楊。楊屬於造反派，造反派就封他為烈士，舉行葬禮，埋在「梨子園」。

那天的梨子園，教我畢生難忘。

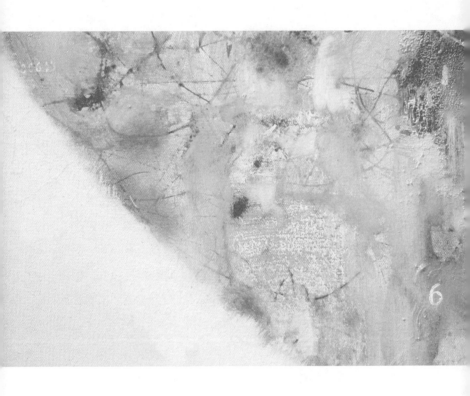

高音喇叭播着《國際歌》，毛語錄歌。姓楊的少年躺在棺木裡讓人「瞻仰」，一身綠色軍裝、軍帽，頭上纏繞白色紗布。這是一張五官端正蒼白英俊的臉。旁邊站着他白髮的母親，據說是一夜之間白的頭。直到後來她教我們數學，幾年的中學生活，我從未見到這位白髮母親笑過。

　　旁邊一些女同學哭得死去活來。雨水把白色紙花都淋濕了，巨大的「奠」字，墨汁化了，流下黑色的眼淚。

　　埋葬楊姓青年之後，據說後來又埋了好幾位中學生或大學生「烈士」，但我已經不想也不敢去看，那場面太叫人傷感難過。我也開始懂點事，感覺到政治運動的恐怖。

　　從那之後我們就再也不敢去梨子園玩了，反而常常聽說夜晚有悽慘的哭聲從梨子園裡傳出來。

　　不去梨子園之後，我終於想明白為什麼它叫「梨子園」——如果我是隻小鳥，從空中俯瞰，這塊曠地就像一隻巨大的梨子，頭尖身肥。在梨形的土地上長着花草樹木，還有各種奇形怪狀的岩石，我好懷念在那裡捉蝴蝶或捉迷藏的日子。

　　前年回鄉，我特地跑到「梨子園」看看。

　　「梨子園」煥然一新，所有的墳墓都鏟除了，這裡變成

林巧稚紀念公園，取了一個很雅的名字——「毓園」。有座林
巧稚的漢白玉雕像站立山丘上。林巧稚在小島出生，後來成
為北京協和醫院第一位女婦產科主任，更成了中國最著名的
婦產科專家。她自己沒有結婚生育，但終其一生，她接生了
五萬多名嬰兒。

　　風和日麗，園子裡有熟悉的花香。站在整修得很漂亮的
毓園，我在想，梨子園那些年輕的屍骨哪裡去了？林巧稚值
得紀念，可那些為「共產主義理想」獻身的孩子，還有人記
得他們嗎？▌

作品賞析・學習重點

文章表面寫故鄉的梨子園，梨子園的花、梨子園名字的由來、梨子園的童年往事、那一年在梨子園發生的故事，以及梨子園今日的風景……如果僅僅是寫這些，只不過是一篇寫景小文而已，可是，讀着讀着，那閒閒的一句：「我好懷念在那裡捉蝴蝶或捉迷藏的日子。」使人心中一動，領悟到作者寫那一切後面的深意：她在慨嘆的，是那至今還在世界各地時時幻演的悲劇，梨子園裡那些曾經的亡靈、那幾名為所謂理想與信仰獻身的青年，值得嗎？

世上好風景很多，但不是每一處風景都值得寫，值不值得寫，要看你有沒有被那風景打動的、特別的地方，或是只屬於你自己的一段回憶，比如舒非的梨子園。

初識弘一法師的歲月　葉兆言

三十多年前，還是一個高中生，伯母帶我去浙江上虞白馬湖邊的春暉中學。那時候文化大革命，我對這所大名鼎鼎的學校一無所知，傻乎乎跟伯母後面聽她說這說那。

在一個小得不能再小的火車站下車，坐人工搖的小船，不一會到了。三十多年後，我十分懷念那個小車站，根本沒什麼站台，一間歐式的小屋，車到站，把門打開，下去就行。印象中也不用檢票，上車買票，下車拉倒，全無今天是個火車站就一定亂糟糟的慘像。當然還有那個濕漉漉的小木船，河水清清，小船兒輕盈，一路槳聲。

在白馬湖待多少天已記不清，有一天，伯母很認真地指着一叢斷壁殘垣，說李叔同當年就在那住。當時並不知道他

作者簡介

葉兆言，一九五七年生，江蘇蘇州人。祖父是葉聖陶，即文中的「爺爺」。代表作有中篇小說《棗樹的故事》、《追月樓》，長篇小說《花煞》、《一九三七年的愛情》、《我們的心如此頑固》、《夜泊秦淮》系列裡的《花影》、《花煞》、《豔歌》、《愛情規則》，散文集《南京人》、《錄音電話》、《雜花生樹》系列雜文等。

是何方神聖，只知道是個有些名氣的和尚。弘一法師是我祖父最佩服的人，伯母解釋說，大家都說你爺爺做事認真，他要比他老人家更認真。接下來，又說了許多李叔同，今天要是寫出來，都會是很好的文章。伯母說當年請李叔同吃飯，和尚是要吃齋的，菜做鹹了，伯母的父親夏丏尊先生感到歉意，一個勁埋怨。李叔同就說這菜不鹹，很好吃啊。後來他又去河邊洗臉，從包裹拿了條破毛巾，夏先生要為他換一條，他連聲說還能用，說你看，這不是挺好。

在老宅閣樓上，看到許多落滿灰塵的玻璃底片。由於底片是黑白顛倒，加上歷史知識淺陋，我並不知道照片上的都是誰。伯母告訴我，她二哥喜歡拍照，這些底片都是他年輕

時拍攝。李叔同對書法有着過人的領悟，他出家成了弘一法師，把所有的書法作品都留給了夏先生。在李叔同眼裡，這些都是俗世之戀，棄之如同廢紙。

隨着對李叔同的逐漸了解，我對這位傳奇人物一度非常入迷。與弘一法師有關的一切，都會引起我的注意。我有意無意地收集李叔同的資料，一直想以他的故事寫部小說。弘一法師出家前最要好的友人就是夏先生，難怪伯母有這個資本，可以喋喋不休地說他。

我一直在想，當年閣樓上看見的那些玻璃底片，會不會

有李叔同的影像。曾經為這事問過伯母，可惜她當年太小，後來又太老糊塗，始終沒有一個確實答案。這些玻璃底片後來也不知道弄到哪去了，現在的白馬湖邊，有弘一法師的晚晴山房，有豐子愷的小楊柳屋，有夏丏尊和朱自清的故居，但是沒人知道這些珍貴底片的下落。

這篇小文章匆匆寫於去奔喪的飛機上，伯母過世了，即將舉行遺體告別儀式。再差一個月，就是她九十歲的誕辰，望着窗外雲海，我想到更多的竟然是李叔同，是初識弘一法師的歲月。▌

作品賞析・學習重點

寫名人難，在一篇短文裡把名人寫活更難。可我們在這篇不過千餘字的散文裡看到了一個真實生動的弘一法師，與我們心目中那個寫「長城外，古道邊」的弘一法師正相吻合，閃耀着豐子愷筆下那個「李叔同先生」的光芒。所用的乾淨簡潔文字，也與筆下這位偉人山高水長的形象相得益彰。最後那一段看似補遺似的說明，卻不是贅筆。因為它使弘一法師的形象濯出於那水清河晏一路樂聲的美景之上，更清晰了。

只有一兩個不甚清楚的素材，以及心中朦朧的記憶，怎麼寫？這篇文章給我們提供了一個上佳範例。當然要達到作者那樣的文字功力難度很大，但可以先從記敘文的要素之一——記敘入手。

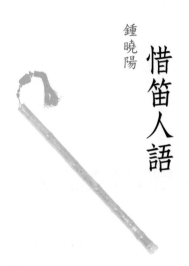

惜笛人語

鍾曉陽

　　教我笛子的老師姓葉，男的，碰見他真是我的運氣。那一陣子遍閱報章廣告，都沒有合適的。一日無事，經過彌敦道的一家樂器行，附屬的中樂班正在招生，便直闖進去報名。裡面老師眾多，依時間分配，也不知道自己歸哪個，是吉是凶全看個人造化。

　　第一次上課，葉老師進來，拿什麼敲我肩頭一記，示意我跟他去。那一敲，定下了師生名分，從此耳聆指教的是我，青出於藍則在我了。

　　那次我在笛子的尾端吊了一隻玉佛，橙紅的穗子流蘇款款，葉老師卻說：「很多人以為這兩個穿繩孔是用來穿繫飾物的，其實它們也有實際的用途……」

作者簡介

鍾曉陽，一九六二年生，廣東梅縣人。香港作家。代表作有小說《停車暫借問》、《哀歌》、《流年》，散文集《春在綠蕪中》，詩集《槁木死灰集》，歌曲填詞《最愛》、《是這樣的》。

雖然他沒有說明繫飾物是錯的，但我就覺得極不好意思，第二次去就把小玉佛解下來了。

葉老師三十至三十五歲年紀，中等身材，長方形臉。大鼻子，大嘴盤。那張嘴，老是唇角裂裂的，永遠帶着點受傷的意思。然而他整個地是那樣耐看，乾淨俐落，衣服的色調溫暖和諧。他講話極文雅，一個字是一個字，不速不緩，吐音清晰，着力很輕，附於形則是摸上去厚厚軟軟的絨質，本身即是暖的。坐在葉老師對面，聽他講笛子的種種，覺得他一舉手一投足都顯出他為人的恬淡祥和。較之於有魄力有衝勁的年輕人，我更喜歡葉老師這種。前者無非是待開的朝花，時辰到了不是開的，是爆的，一蓬蓬爆得不亦樂乎，色

137

彩濃濃的要染沒周遭，急迫的要擁抱一切。像葉老師，是讓歲月沖淡了的，為人的根柢已經很深厚，完全禁得起平淡的日子，連偶露的倦容亦是淡淡的，不與眾物爭持。

記得剛開始學笛子是秋天，學完出來一街的秋高氣爽，空中炸着金金的炒栗香，我就一路笑着回家。

然而我竟不是學笛子的天才。認明真相後，我心裡非常難過。我甚至不是庸才，而只是個蠢才。跟我學鋼琴一樣，我的節拍略差一籌，對音準的敏感度也不夠，吹起來完全是感情用事。初學的階級，用氣不得其法，唇肌和喉部繃得過緊，脹得臉紅脖子粗的，畫成漫畫是七竅噴煙，頭頂冒氣。通過了這一關，便是學吹高音。風門不得掌握，不是太鬆，便是太緊，緊得風門沒有了，兩唇摩擦，「噗嗞噗」一聲，擦出口水花，簡直是嘴放屁。那一刻我難堪到極點，想夾着尾巴落荒而逃。葉老師只是輕蹙眉尖，笑一笑，覺得你不甚可救的樣子。

有時候在家裡吹得滿意，信心十足的到葉老師那兒，一吹之下，功力只剩下一半，另一半驚嚇得化掉了。笛音忽跌忽捽，忽得忽失，不成言語，覺得自己來自未開化的野蠻民

族，單單會哼哼啊啊的叫痛。

　　無論如何，那小小隔音室裡的笛聲到底日益清順了。反過來吹從前的曲譜，居然得心應手，也有餘裕多用點感情，真是萬分高興。然而這當兒卻沒機會學下去了。像我這種材料，無論怎麼自行苦練，亦難有進境。我不知道葉老師是不是最好的老師，但若干年後，我說什麼都要找他回來教我，我還要跟他學古箏呢。

　　一次在樂器行的櫥窗看見一列相片，大概是宣傳用的，內容是各老師在教導學生的情形。我詳看了，仍舊覺得葉老師好。那是冬天，他穿一件淺灰絨外套，正在教一個女孩子拉二胡，亦是一般的穩定親和。

　　又一次，上完了課，他叫我到隔壁書局買一本笛子教程。後來他想起有話忘了交代，到那書局找我，兩人出來站在街上講話，日正高張，他以手作簷，蔭住了臉。離了那隔音室，我竟覺生疏。有時候正在上課，有人叩門找他，是他同事，和他熟絡的閒話兩句，我亦會認生。幾回早到了，在室外稍候，上一個學生出來，和他道聲再會，他也應了。我這才發覺我從來沒跟他說再見，他也就不講。一天，因時

間有所更動，他打電話到我家，自稱是：「ｘｘ琴行姓葉的。」就像我打電話到琴行去，說是：「我在你們那裡學笛子的。」

在室內吹笛子，使人無用武之地。笛音撞牆碰壁，捽捽跌跌，如果它們是活的，一定都撞得焦頭爛額。陽台上就不同，放生一般把笛音放出去，笛子的開明廣闊盡皆出來了。晚間對面是熠熠燈火，市聲沉澱，而笛韻嘹喨，彷彿是天籟，凡心一動落在紅塵，從此生於民間長於民間，有風則更好，笛聲自身是風，送到很遠的地方，那裡有人聽到了，夢魂一驚，忽起遼遠之思。日間也有日間的情調，望出去盡是密密沓沓的公寓洋房，馬路上轎車一輛接一輛，遮陽傘像鮮豔奪目的花蘑菇，上坡的上坡，下坡的下坡，賣豆腐花的戴頂草帽又着胖肚子一路吆喝上來，陽光把遮陽篷下的灰塵照得細細活活，吹吹笛子，有一種人生在世的感覺。雨天吹起來異常氣悶，笛聲鎖在雨簾中，承不了上文，啟不了下文。可是笛子還是要在山頭或草原上吹，才最能領略它的春光明媚，春意剔逗。

一曲「牧童短笛」，我最喜歡，葉老師以二胡替我伴

奏。想想還是該由牧童來吹，牛背上一挫一蕩，那樣的悠閒，日出而出，日入而入，雞鳴桑樹顛，落霞趕炊煙，好像歲月也在那兒踱來踱去，老也不走。我是城市人，城市的悠閒是小型的，偶然得來的一小撮，設法要把它消磨得值得，有回味，連那心情也是焦急的，我在這裡吹，老師在一旁拉，光陰匆匆地去了。

「小河淌水」，最是高亢婉轉。河水汩汩不休，笛聲去到最高點，河水湍瀨，像望眼欲穿的穿字。我覺得這「淌」字很好，使人想起眼淚，收一收又泛出來，收一收又泛出來。

「金蛇狂舞」節慶時吹，曲譜左上角標着「歡樂地」，

中國的節慶，該有鑼鼓鐃鈸，鏗鏗嗆嗆，熱鬧非凡，如今只有一管笛子，吹來吹去都好像曲終人散，越吹心情越寥落。鑼停鼓息，一地燒完炮仗的暗紅紙屑。可能都不是，是我不夠活潑。

「弓舞」是太熟悉了，總誤當作「將軍令」，是十年前粵語武俠片的武打場面也拿來做配樂的，家常也能隨口哼上一兩句。因為這緣故，整首曲子哪裡該打個突頓，哪裡該抖擻激揚，皆知個透裡透外。當初技巧不行做不到，後來略有些把握了，更如故友重逢，吹得興興頭頭，每次都像有一段盛事正要開場。

葉老師會演奏的管絃樂器至少有四種：笛子、揚琴、古箏、二胡。

簫笛比其他樂器與演奏者有更切身的關係，因為用的是氣。聲由氣出，音由聲出，不只精神，連整個身體都要投入。笛子音色清亮圓潤，悠揚處絕倫無可匹比，悽傷之曲落到笛管中也帶幾分高揚，公然說與天下人知曉，讓他們評一評，想一想，縱無結果也須得個分明恩怨。簫則是萬般情緒訴與自己聽，別人偷聽亦可，故此一扇戶牖，幾家民房，可

以是簫聲徘徊地。簫身長而孔疏，我手小不宜吹，男孩吹比較好，但人必須有個深沉壯闊的背景。簫聲有它聊齋的一面，因為音質上帶點沙嗄，總像濃霧噴噴的，老有縷縷白煙從簫嘴冒出來，不費勁的就送到很遠。我聽簫聲又有空靈之感，像斷崖上蕩回來的回音，也可能就是笛聲的回音，吹夢成今古。

揚琴也是男孩子的，我卻不大懂。每逢葉老師替我用揚琴伴奏，我會非常激動，想着千萬不可吹錯，往往就錯不可遏，把氣氛破壞得內疚好半天。揚琴琤琤琮琮，紛紛繁繁，鏗鏘中輕盈可喜；許多東西要交代，但交代得有條不紊。它不是激烈干戈，也不是大喜大悲；它只是很講道理的，跟你從頭道也行，跟你典故一一數也行。

古箏是女子的，人要素靜，不可太醜，且要低眉垂睫，一派清簡。女子彈箏像私語，三疊愁是她，夜思郎亦是她。一種淒婉處，萬物皆沉靜下來。其實我亦喜歡男子彈箏，但是人要清明素樸，琴心是對物對人，若過分顧及自己、又心存慾念，琴聲便低濁了。

二胡無論如何是男子的。簫笛是情緒多於故事，二胡則

是說不盡的故事，拉來拉去拉不完。想像中拉二胡的該是個長方形臉，瘦、窮──至少不能太富裕，穿一襲淺灰夾袍，在露冷的小天井裡，老榕樹下，滿地青白的月光像碾碎的玉，夜闌人靜了，想起往事，真是唉唉唉三聲唏噓，一段滄桑；巫山一別，為雲為雨今不知了。只是整個心沉到很低，然而看得淡了，拉起來反而摧盡他人肝腸，自己縱有感觸也無感動。

百般樂器，無論吹彈敲撥，皆不可有表演之心，此心一生，魔障即生，就算多精通也是不成大器的。

要總結的話，還是要歸回本題。惜笛人說惜笛話，有此兩句：「暗紅塵霎時雪亮，熱春光一陣冰涼」。▋

作品賞析・學習重點

這篇作品寫的東西似嫌散，但一個「惜笛人語」的題目把這些散的內容抓成了團，惜笛，自然包括了有關笛的一切，亦即為何而惜：因那教吹笛的老師、因那「自身是風」的笛音、因那各開一片天地的笛子曲……還有一個將散的感覺融合為一體的要素，是那些所謂「張（愛玲）派」的文字風格：輕靈、機智，特別是那種奇妙的聯想和比喻，無論寫人還是寫事，皆琳瑯滿目、俯拾即是。所以讀過之後掩卷回想，也許人與事皆朦朧，卻有點點的妙言佳句，這裡那裡，閃爍在腦海。

從吹笛的老師寫到對笛音的感覺、再寫到喜歡的笛曲，再寫到其他樂器，重點都在那一個「惜」字上，為何在這般各有千秋的樂器中獨惜笛聲呢？這篇文章教給我們以個性化的感覺結構主題的藝術。

母校

蘇童

　　我從來不知道我童年時就讀的小學校的老師一直記着我。我的侄子現在就在那所小學讀書，有一次回家鄉時，我侄子對我說：我們老師知道你的，她說你是個作家，你是作家嗎？我含糊其辭，我侄子又說，我們 x 老師說，她教過你語文的，她教過你嗎？我不停地點頭稱是，心中受到了某種莫名的震動。我想像那些目睹我童年成長的小學老師是如何談論我的，想像那些老師現在的模樣，突然意識到一個人會擁有許多不曾預料的牽掛你的人，他們牽掛着你，而你實際上已經把他們遠遠的拋到記憶的角落中了。

　　那所由天主教堂改建的小學給我留下的印象是美好而生動的，但我從未想過再進去看一看，因為我害怕遇見教過我

作者簡介

蘇童，一九六三年生，原名童中貫。江南蘇州人。現居南京。一九八三年投入小說創作，主要作品有短篇小說《桑園紀事》，中長篇小說《妻妾成群》《飛越我的楓楊樹故鄉》《罌粟之家》、《米》、《一九四三年的逃亡》、《城北故事》、《我的帝王生涯》等。

的老師。我外甥女小時候也在那所小學上學，有一次我去接她，走進校門口一眼看見了熟悉的禮堂，許多時偶爾地與朋友談到此處，發現他們竟然也有類似的行為。我不知道這麼做是不是好，我想大概許多人都有像我一樣的想法吧，他們習慣於把某部分生活完整不變地封存在記憶中。

離開母校二十年以後，我收到了母校校慶七十周年的邀請函，母校竟然有這麼長的歷史，我以前並不知道，現在知道了。心裡仍然生出了一些自豪的感覺。

但是開始我並不想回去，那段時間我正好瑣事纏身。我父親在電話裡的一句話使我改變了主意，他說，他們只要半天時間，半天時間你也拿不出來嗎？後來我就去了，在駛往

家鄉的火車上我猜測着旅客們各自的旅行目的，我想那肯定都與每人的現實生活有密切關聯，像我這樣的旅行，一次為了童年為了記憶的旅行，大概是比較特殊的了。

一個秋陽高照的午後，我又回到了我的小學，孩子們吹奏着樂曲歡迎每一個參加慶典的客人。我剛走到教學樓的走廊上，一位曾教過我數學的女教師俠步迎來，她大聲叫我的名字，說，你記得我嗎？我當然記得，事實上我一直記得每一位教過我的老師的名字，讓我不安的是她這麼快步向我迎來，而不是我以學生之禮叩見我的老師。後來我又遇見了當初特別疼愛我的一位老教師，她早已退休在家了，她說要是在大街上她肯定認不出我來了，她說，你小時候特別文靜，像個女孩子似的。我相信那是我留在她記憶中的一個印象，她對幾千名學生的幾千個印象中的一個印象，雖然這個印象使我有點窘迫，但我卻為此感動。

就是那位女教師緊緊地握着我的手，穿過走廊來到另一個教室，那裡有更多的教過我的老師注視着我。或者說是我緊緊地握着女教師的手，在那個時刻我眼前浮現出二十多年前一次春遊的情景，那位女教師也是這樣握着我的手，把我

領到卡車的司機室裡，她對司機說，這孩子生病剛好，讓他坐在你旁邊。

一切都如此清晰。

我忘了說，我的母校兩年前遷移了新址。現在的那所小學的教室和操場並無舊痕可尋，但我尋回了許多感情和記憶。事實上我記得的永遠是屬於我的小學，而那些塵封的記憶之頁偶爾被翻動一下，抹去的只是灰塵，記憶仍然完好無損。▎

作品賞析·學習重點

蘇童散文總有一種沉鬱的味道，沉思，憂鬱。這篇散文也如此。記敘的是一件開心的事——校慶。成了名作家的他，被邀請回母校參加校慶，受到當年老師的歡迎，被大家簇擁着走進校園，這應當是一件美好的事，但讀完之後我還是感到一種揮之不去的沉重。老師們都記得他，他卻一度把他們封存在「記憶的角落」裡了。不是因為無情，不是因為健忘，字裡行間流露出來的感傷，把這篇童年回憶文字推到一個更深的層面。

建議把這篇散文與作者的早期小說《桑園紀事》放到一起讀，去感受作者那種善於從表面事件探索心靈悸動的獨特風格，這是一種才能，但只要用心，也不是不可以學習的。

元宵

格非

春福在一次事故中被機器軋斷了雙腿，從千里之外的福建回到我們的小村子裡來了。當時我們正在讀小學，電影《海霞》的上演，使我們有理由懷疑他的假肢中藏有神秘的發報機。有人甚至公開叫他「劉阿太」（劉阿太，《海霞》裡的反面人物，是個假肢裡裝有發報機的特務。）。每當我們在村子裡遇見他，總是逃得遠遠的，從不敢靠近他。

到了1980年的初秋，我轉學到了20多公里外的諫壁鎮，為第二年的高考作最後的準備。由於學校離家太遠，每天回家當然不現實，而學校唯一的一間宿舍也早已人滿為患。正當父母為住宿問題愁眉不展之時，春福就拄着雙拐找到我們家來了。他說，他想起有一個過去的同事，好像就住在諫壁

作者簡介

格非，原名劉勇。一九六四年生，江蘇丹徒縣人。現居北京。代表作有短篇小說《追憶烏攸先生》、中篇小說《迷舟》、《褐色鳥群》，長篇小說《敵人》、《慾望的旗幟》、《邊緣》、《人面桃花》、《山河入夢》，散文集《格非散文》，文論集《小說敘事面面觀》、《卡夫卡的鐘擺》等。

鎮，雖然很久沒有聯絡了，不過還是可以帶我去碰碰運氣，看看能不能在他們家借宿。

現在想想，我的父母當年還真的有點不太負責任。好像我第一次出遠門，到一個陌生的地方去求學，和他們沒有一點關係似的。他們一分錢沒給，也沒人陪我，就讓我跟着「老瘸子」春福上路了。我這樣說，一點也沒有責怪父母的意思，當年的社會風氣就是如此，在農村，幾乎所有的父母對他們的孩子都是這麼的漫不經心。

我和春福天不亮就出發了。我們先要在崎嶇不平的田間小道上步行5華里，才能抵達公社的汽車站。我挑着行李和鋪蓋捲走在前面，春福斜挎着一個碩大的旅行包，拄着雙拐，

在後面一步一頓地跟着，往往走不了幾步，他就要停下來歇息。5華里的路程在今天當然不算什麼，但春福的每一步都是要用雙拐量出來的，所以他不斷地朝我喊：慢點，你走慢點……

　　長途汽車把我們帶到諫壁鎮。彷彿是為了考驗春福的意志，我要借宿的那戶人家居然把房子建在遠離公路的一個陡峭的山坡上。我們一路打聽着找到那兒，正趕上吃午飯的時間。主人對春福並不熱情。他們自己吃着飯，卻沒有假裝客氣地問一問，我們是不是餓了。女主人甚至頗為冷漠，她隨便將飯婉擱在桌上，都能發出堅硬的聲音。她自始至終沒有跟我們說過一句話，連正眼都不瞧我們一下。春福顯得極為不安，他只是反覆強調：「他們家窮得叮噹響，錢是一分都沒有的……」

　　最後，春福打開了那個大旅行包，變戲法似地從裡面取出各色各樣的土特產。我記得，最引人注目的禮物，就是一捆包紮得整整齊齊的筍乾。我們那個地方並不出產竹筍，這麼多的筍乾是從哪裡來的呢？

　　主人最終決定收留我，春福那泥跡斑斑的假肢和雙拐起

了決定性的作用——它在無形中讓善良的主人背上了沉重的道德負擔。

　　這是一個四口之家，房子並不寬敞。男主人常年在外跑供銷，幾乎不在家住。女人帶着小兒子住一間屋，我和她正在上小學的大兒子擠在一張床上。我每天天不亮就起床，沿着大運河高高的堤壩去學校上早自習。一日三餐都在學校的食堂，回到住處，他們母子三人往往早就熟睡了。在我的印象中，她臉上的表情冷冷的，總帶着憂戚，也有幾分神秘，幾乎從不和我說話。當她冰冷的目光偶爾掃向我的時候，我

總是既惶恐又屈辱。

終於有一天晚上，她到我們屋來看兒子，臨走時忽然問我道：「你在我們家住了這麼久，你媽媽怎麼一次也沒來看過你？」

這句話我記得特別牢，因為我每天也是這麼問自己的。是啊，我母親為什麼從不來看我？

到了這年的年末，春福又來了。照例是吃力地拄着雙拐，照例是帶來了大包的筍乾。

我的家裡沒人來。

又一天清晨，大雪下了一夜。屋外的水池都積滿了雪。我正在池邊刷牙，女主人披着一件棉襖，來到了窗邊。她把頭伸出來，對我說：「你先不要走。」

等我洗漱完畢回到屋裡的時候，看見她正彎着腰在搧煤爐。那時天還沒怎麼大亮。爐火的光將她的身影投射在對面的牆上。屋子裡暖烘烘的。她說，她一大早就起來做湯圓，剛剛下到鍋裡，還沒有煮熟。她告訴我，今天是元宵節。她把湯圓端到我面前，卻沒有離開，而是靜靜地看着我把它吃完。這湯圓是她特意為我做的，因為這一天是元宵節。

對於元宵節，我的心裡一直有一種特別的感情。每到這一天，我都會想起春福帶我去諫壁借宿的那個遙遠旅途，想起他遠遠地朝我喊：慢點，你走慢點……當然，我也會想起收留我的那位不知道名字的阿姨；想起她在元宵這一天特地起了個大早，給一個母親不在身邊的孩子煮一碗湯圓……對她來說，這不過是舉手之勞，卻點燃了一個孩子心中的希望，照亮了人世間的美麗和大信。▌

作品賞析・學習重點

這篇文章其實寫了兩個人物，殘疾的春福和沉默的女房東。兩個人互為補充互為對照地承載着作者的懷念與感激。還有另一個作用——互為助力地推動情節發展。兩個人物開始出場都給人以反面的印象，春福被嘲為特務，而女房東冷漠憂戚，然而後來都有了意外的變化。女房東的變化是春福那筍乾促成的，還是作者父母的冷漠促成的？文章裡沒有交代，也許都有一點作用吧。不過這不是重點，重點在於，人間大愛往往是這些看似卑微的小人物施與的。

散文也是講究伏筆的，伏筆是為了給後來的高潮作鋪墊。春福的碩大旅行包，女房東問起作者的父母，起先以為是閒筆，後來才發現是推動情節轉折的伏筆。

聲明

　　本書尚有個別作者聯絡不上，見書後請跟本社編輯部聯繫，我們將寄贈樣書和付予薄酬。謝謝！

三聯書店（香港）有限公司

編輯部　敬啟

責任編輯	蔡嘉蘋	張艷玲
版式設計	林敏霞	吳冠曼
封面設計	吳冠曼	
封面插畫	李小光	

叢書書名　讀範文　學寫作

書　　名　記敘文選讀（修訂版）

編　　者　王璞

出　　版　三聯書店（香港）有限公司

　　　　　香港北角英皇道 499 號北角工業大廈 20 樓

　　　　　Joint Publishing (H.K.) Co., Ltd.

　　　　　20/F., North Point Industrial Building,

　　　　　499 King's Road, North Point, Hong Kong

香港發行　香港聯合書刊物流有限公司

　　　　　香港新界荃灣德士古道 220-248 號 16 樓

印　　刷　陽光（彩美）印刷公司

　　　　　香港柴灣祥利街 7 號 11 樓 B15 室

版　　次　2010 年 2 月香港第一版第一次印刷

　　　　　2015 年 3 月香港修訂版第一次印刷

　　　　　2023 年 7 月香港修訂版第四次印刷

規　　格　大 32 開（137×210 mm）164 面

國際書號　ISBN 978-962-04-3670-3